悪魔のささやき、天使の寝言

赤川次郎

角川文庫 16437

悪魔のささやき、天使の寝言　目次

1 影はささやく 七
2 破壊 三
3 裏切り 五八
4 復讐 八三
5 追放されて 一〇七
6 嘆きの家 一三三
7 追跡 一五七

8　渦巻　一八一
9　監禁　二〇六
10　魔力　二三二
11　一か八か　二五七
12　憎悪の渦　二八三
エピローグ　旅路　三一五
解説　山前譲　三二一

1　影はささやく

呼び鈴がイライラと鳴った。

もちろん、呼び鈴そのものが苛立《いらだ》っていたわけではなく、鳴らした人間が「これでもか」という勢いで鳴らし続けていたのである。

しかし、この呼び鈴は少なくともすぐには何の反応もひき起こさなかった。

一家の主《あるじ》たる父親はTV《テレビ》の野球中継を見ていた。ちょうど九回の表で、ここで点が入らなければ、父親のひいきの球団が泥沼の連敗から脱出できる。

試合の結果を見ずにTVの前から離れるわけにはいかない。

それでも父親は一応、

「おい、親父が呼んでるぞ」

と、妻の方を全く見ずに、言うだけは言った。

妻は電話中だった。

自分のケータイで、エアロビの教室で一緒の奥さんとおしゃべりしていたのである。

また呼び鈴が鳴って、

「おい、親父が――」

「聞こえてるわよ！」

と、妻は言い返した。「今、大事な打合せの最中なの！　あなた、行ってよ、たまには」

「だけど、どうせ飯の催促だろ。俺は苦手なんだ」

「自分の親でしょ。――いいわよ。少し待っててもらえば」

妻は、ちょうど居間へフラッと入って来た高校生の娘へ、「ね、おじいちゃんにご飯食べさせてあげて」

と言った。

「ええ？　やだ」

と、娘は顔をしかめて、「私、勉強があるもん」

「今、何もしてないじゃない」

「休んでるの。休憩だって、勉強の内だよ」

「分ったわよ。全くもう……。あ、もしもし、ごめんなさい。――いいのよ、大丈夫」

呼び鈴は、さらに鳴り続けていたが、もはや誰一人、気に留めることもなかった……。

何だっていうんだ！

多少力を入れて動かすことのできる左手に呼び鈴を鳴らすボタンを握って、北岡竜介《きたおかりゅうすけ》はしつこく押し続けていた。

畜生！　もう何回押したと思ってるんだ。何十回——いや何百回かもしれない。

聞こえていないわけはない。それなのに、誰もやって来ないのだ。

二階で一人寝たきりの北岡竜介は、怒りでまた血管が切れそうな思いを味わっていた。

何て奴らだ！　自分の親に食事を運ぶのさえ面倒なのか？

ここは俺の家だ！　俺の土地、俺の家なのだ。それなのに……。

しかし、どんなに腹を立て、息子やその妻や、ちっとも可愛げのない孫娘に向って怒りをぶちまけたくても、竜介にはどうすることもできない。

半年前、北岡竜介は脳出血を起こして倒れた。

朝の散歩の最中で、倒れたとき、周りに誰もいなかったのが不運だった。

すぐに救急車で運び、適切な手術を受けていれば、ここまでひどくならなかったろう。

だが実際には、通りかかった宅配のワゴン車の運転手が見付けて一一九番してくれるまで、一時間近くも路上で倒れていたのだ。

散歩から戻らない竜介を案じて見に来る家族はいなかった……。

一命は取り止めたものの、全身に麻痺《まひ》が残り、言葉も出なくなった。

何を言いたくても、口から出るのは呻《うめ》くような声だけだ。

竜介は、三年前に妻を亡くし、息子の一家とここに住んでいる。今、七十六歳だが、竜介が元気で、あちこち旅行や食事に連れて行っている間は、息子の一家も気をつかっていてくれた。

ところが、こうして寝たきりになってしまうと、竜介はもう「厄介者」でしかない。息子の浩太郎《こうたろう》は、もうすっかりこの家も土地も自分のものになったつもりで、勝手に台所を改装したりしている。

だが、今の竜介には文句一つ、言ってやることができないのだ……。

――さすがに、呼び鈴を鳴らし続けるのにも疲れて、竜介は手を止めた。

こんな思いをするのなら、いっそ死んでしまっていたら、と考えることもあるが、死ねばそれこそ浩太郎や嫁のあゆみを喜ばせるだけだと思うと、それもしゃくだ。

ああ――。こんな状態で、あと何年生きなければならないのだろう?

北岡竜介は深々とため息をついた。

そして――ふと、部屋の中に「誰か」がいることに気付いた。

小さく頭をめぐらす。――それは竜介が今できる、数少ない動作の一つである。

部屋の中に、誰かが坐《すわ》っていた。いや、「何か」が、と言うべきだろうか。

それは「影」だった。真黒で、竜介を見下ろしている。

何だ、これは?

部屋の中は明りが点《つ》いていて、明るい。それなのに、それは「影」でしかないのだ。

すると、「それ」が言った。

「お前の気持はよく分る」

ふしぎな声だった。人間のものとは思えない。どこか遠くから聞こえて来る。

「辛《つら》いだろう。悔しいだろうな」

「何だ、貴様は？　どこから入って来た」

「私はどこからでも入れるのだ」

と、それは言った。

「人間じゃないな？　まさか——俺を迎えに来たのか？　俺はまだ死なないぞ！」

それは空気を揺さぶるような笑い声を上げた。

「私は死神ではない。もちろん、どうしても死にたいと言うのなら、首ぐらいへし折ってやるのはたやすいが」

「殺されてたまるか。俺は——」

と言いかけて……。

竜介はハッとした。

俺は今、しゃべっている！　この奇妙な影の化物に向って、口をきいている。

「驚いたかね」

と、影は言った。「思ったように話せるというのは、いい気分だろう」

「あんたは……。あんたがやったのか？　俺が話せるようにしてくれたのか？」

と、竜介は訊《き》いた。

「私にはたやすいことだ。右手が使えないと不便だろうな、何かと」

竜介は、自分が右手を持ち上げ、指を思いのままに動かしているのに気付いて、息を呑《の》んだ。

「あんたは……何者だ？」

竜介の声が震えた。

「哀れな者の味方だ」

と、影が言った。「どうだ。思いのままに駆け回りたくはないか。若者のように軽々と」

「そんなことが——できるのか？」

俺は夢を見ているのか？

「できるとも。ただ一つだけ、私の願いを聞いてくれたらな」

「願い？——それは何だ？」

と、竜介は言った。

あゆみはやっとエアロビ仲間との電話が終って、ケータイを置くと、

「さあ、それじゃ二階のお義父《とう》さんの所へ行って来ようかしらね」

と立ち上った。

そのとき、二階で何かが壊れる音がして、びっくりした。

「──何だ、今のは？」

ＴＶで野球を見ていた浩太郎も腰を浮かしている。「ガラスの割れる音がしたぞ」

「お義父さんの部屋よ。凄《すご》い音だったわ」

あゆみは夫の腕をつかんで、「ね、見て来てよ！」

と、引張った。

どっちも一人で見に行く度胸はなかった。

北岡浩太郎とあゆみは、こわごわ一緒に階段を上って行くと、

「親父。──大丈夫か？」

と、北岡竜介の寝ている部屋のドアの外から、浩太郎が声をかける。

「あなた、お義父さんはしゃべれないのよ」

「分ってるよ、そんなこと」

浩太郎は言い返して、「入るよ……」

そっとドアを開けると……。

冷たい風が吹きつけて来た。

「――どうなってるんだ！」

浩太郎が唖然《あぜん》として言った。

正面の窓が破られている。

それも、ガラスが割れているというのではない。窓枠も何も、全部がなくなっているのだ。

何か大きな物が突き破ったとでもいう様子だ。

「あなた。――お義父さんがいないわ」

「え？」

浩太郎は、父が寝たきりになっているはずのベッドへ目をやった。

ベッドは空だ。布団がはねのけられたように大きくめくれて、床へ半ばずり落ちている。

「親父……。どこへ行ったんだ？」

「どこへも行くわけないじゃない。動けないのよ」

「しかし、現に……」

夫婦は顔を見合せた。

「――さらわれたんだわ」

と、あゆみは言った。

「さらわれた？」

「他に考えられる？」

「そりゃそうだが……。誰がそんなことするんだ？」

「知らないわよ！　でも実際に――」

そこへ、

「どうしたの？」

と、娘の克子《かつこ》が顔を出した。「寒いよ、窓閉めてくれないと」

部屋の中の様子を見て目を丸くする。

「どうしちゃったの？」

「克子、あんた二階にいたのに、何も気付かなかった？」

「知らないよ！　自分の部屋でパソコンいじってたから。――おじいちゃん、どこに行ったの？」

「参ったな――」

浩太郎は頭をかいて、「どうしよう？」

「一一〇番しなきゃ」

と、あゆみが言った。「誘拐よ、きっと」

「警察か……。そうだな」

「身代金を要求して来るかしら？　そしたらどうする？」

「そんなこと、今心配しても仕方ないだろ。――ともかく通報しよう」

と言いつつ、浩太郎は、野球の結果がどうなったか、気になっていた……。


夜の静けさを破って、けたたましいサイレンの音が駆け抜けて行った。

マリは目を覚まして、

「パトカーだね……」

と、眠そうな声で言った。「どうしたんだろ。ね、ポチ」

マリの傍で横になっていた、大きな真黒な犬が身動きして、

「知るかよ」

と、唸《うな》るように言った……。

「一台じゃないよ。ほら、また来た」

マリは起き上がった。

パトカーが二人の寝ている物置の前を走り抜けて行った。

二人、と言うのは妙に聞こえるかもしれない。普通の人間から見れば、「一人と一匹」だろう。

見たところ十六、七の少女と、黒い犬。

「せっかく眠っていたのによ」

ポチが欠伸《あくび》をして、「目が覚めると、腹の空《す》いてるのを思い出しちまう」

「そうだね。——コンビニ行って、期限の切れたお弁当、もらって来ようか」

「賛成！　俺たち結構気が合うな」

「こんなこと、気が合うって言わないわよ」

と、マリは言った。「確か少し先にコンビニがあったね」

マリとポチは物置の戸を開けて外へ出た。

「冷えるね」

マリが身震いする。

「こんな所で寝てちゃ、風邪ひくぜ」

「うん……。何か泊まり込みの仕事、探そう」

マリも欠伸して、「ああ……。どうせなら、もう少し大人にしてくれてりゃ良かった」

二人は夜道を小走りにコンビニへと急いだ……。

マリというのは仮の名である。

実は天使。——天国で少々サボっていて、

「人間界のことを勉強して来い！」

と、地上へ研修に来たのだ。

その際、十六、七の少女の姿にさせられた。

一方のポチは——本人はこの名を嫌っているが——逆に地獄から来たケチな悪魔。成績不良で、地獄から叩《たた》き出され、犬に姿を変えている。

天使と悪魔。

本来なら敵同士だが、この二人、たまたま一緒になって行動を共にしている。

本業（？）は天使と悪魔でも、この地上では少女と犬。お腹も空くし、寝る場所も必要である。

それには一人より二人の方が、何かと便利というわけだ。

ポチの話すことは、マリには分るが、人間の耳にはただ犬が吠《ほ》えているとしか聞こえないのである。

「——あ、またパトカーだ」

と、マリは足を止め、「よっぽど大変なことがあったんだね」

「しかし、うまくねえな」

と、ポチが言った。

「どうして？」

「頭悪いな。考えてみろよ。大きな事件なら、この辺一帯、捜索されたりするかもしれないぜ」

「あ、そうか」

マリとポチは何しろ「住所不定」。しかも、身許《みもと》を訊《き》かれても答えられない。

「じゃ、少しこの辺から離れた方がいいね」

「ああ。だけど、まず腹ごしらえだ」

「うん」

マリも、その点は異存がなかった。「——あれだ」

夜の中にひときわ明るく、コンビニが目に入ると、マリとポチはさらにせかせかとした足取りでその明るい場所へと向った。

マリがコンビニへ入って行くと、ちょうどレジにいた女の子が大欠伸をしたところだった。

「いらっしゃいませ」

と、エプロンをつけたそのレジの女の子は言って、頭をブルブルッと振った。

コンビニには他に客はいない。

マリはチラッと表の方を振り返った。ポチが舌なめずりして、マリが食べ物を手に入れるのを待っている。

マリだって、本当はこんなこと嫌なのだ。

でも、仕方ない。恥をしのんで、頼んでみよう……。

マリはちょっと品物を見て歩くような恰好《かっこう》をして、それからレジの前に立った。

「あの……すみません」

と、マリはおずおずと、「お願いがあるんですけど」

「え？」

レジの女の子がキョトンとしてマリを見る。

胸に〈近藤唯《ゆい》〉という名札を付けていた。

大学生くらいの年齢である。

「あの……お弁当とかサンドイッチとかで、期限の切れたのがあったら、いただけないでしょうか」

いくら天使だって、こんなことを言うのは辛い。

「——女の子のホームレス？　珍しいわね」

と、レジの近藤唯という女の子は言った。

「でも、悪いけどね、そういうことはしちゃいけないことになってるの」

「ええ、よく分ってます」

と、マリは肯《うなず》いて、「お金があれば買うんですけど、今、たまたまちょっと持ち合せがなくて……。だめでしょうか」

「まあ、期限の切れてるのはあるけどね。でも、処分しないで、誰かにあげたりしたことがばれると、私、クビになっちゃうのよ」

「大丈夫です！　絶対にしゃべりません。天使は嘘をつきません」

「天使？」

「あ、いえ――。ともかく、今日だけでいいんです。明日《あした》はもうよそへ行ってますから」

「あんた、いくつ？　そんなに若いのに、どうしてさすらってるわけ？」

「それは色々事情があって……。あのポチと一緒に旅してます」

「ポチ？――あの黒い犬？」

「ええ。できればポチの分もいただけると……」

近藤唯は、少しの間マリを眺めていた。何か考えていることがあるらしい。

「――いいわ」

と、レジの奥の棚から、お弁当を二つ取って、「これ、あと十分で期限が切れるの。十分待ってから食べてね」

「すみません！」

マリは手を合わせた。「お金ができたら、きっと買物に来ます」

「いいわよ。――さあ」

と、レジ袋にお弁当を二つ入れてくれる。

「ありがとう！」

と、マリが受け取ろうとしたとき、

「待って！」

と、近藤唯がその袋をカウンターの下へ入れた。

マリは振り向いた。

コンビニの前に、パトカーが停った。

降りて来たのは、私服の二人の男。

コートをはおった、中年の男が大股《おおまた》に店に入って来た。後を追いかけるように、背広姿にネクタイの曲がった若い男が入って来て、レジの近藤唯の方へ、

「おい！　ミネラルウォーターは？」

と、訊いた。

「そこのケースの中です」

一目見れば分りそうなものだけど、とマリは思った。

若い男が、ミネラルウォーターのペットボトルを出して、

「警部、一本でいいですか？」

「二本だ」

「二本ですね！」

レジで若い男が支払をしている間に、中年の方の「警部」はジロッとマリを見て、

「こんな時間にコンビニで買物か。親の顔が見たいもんだな」

と言った。

人を馬鹿にしたような——「天使を」だが——その言い方に、マリもカチンと来たが、こんな所で警察の人間とやり合ってはいられない、とじっと我慢した。

「じゃ、警部、行きましょう」

「ああ」

店を出ようとして振り向くと、「おい、お前、身分証は持ってるか?」

と、マリへ言った。

マリはドキッとしたが、顔には出さず、

「コンビニ来るのに、いちいち身分証持って歩きません」

と、笑って見せた。

「そうか。そうだな」

と、大して気のない様子で、「表の犬はお前のか」

「ええ……」

「生意気そうな奴だな」

——何、あれ?

マリは、怒るというより呆《あき》れて、パトカーが走り去るのを見ていた。

「何だか感じ悪いわね」

と、レジの近藤唯が顔をしかめて、「さ、持ってって。見られて文句言われるとね」

「ありがとうございます！」

マリはお弁当の入った袋を受け取った。

「気を付けてね。私もあと十分で交替。何があったのかしら、パトカーがあんなに」

「本当ですね。――じゃ」

マリが店を出ようとすると、

「待って。――飲む物いるでしょ」

と、近藤唯はお茶のペットボトルをマリへと放り投げた。「開けてあるけど、コップで一口飲んだだけだから」

「すいません！」

マリは外へ出ると、「いい人だったから助かったわ。じゃ、ともかくあの物置に戻って食べよう」

ポチは急に尻尾《しっぽ》を振って、

「おい！　早く行こうぜ！」

と、マリをせかした。

――何だか変った子だわ。

コンビニのレジのカウンターにもたれて、近藤唯は少女と黒い犬が帰って行くのを見ていた。

お弁当を入れた白いレジ袋が揺れているのが見えていた。

あんなに若いのに、犬と一緒に家出かしら？　何かよほど家に居づらいわけがあったのか……。

時計へ目をやる。――そろそろ交替の男性が来てもいいころだけど。

そのとき、自動扉が開いた。

「いらっしゃいませ……」

言葉が勢いを失った。

入ってきたのは、パジャマ姿の老人だった。しかも裸足《はだし》だ。

今夜は変ったお客が多いわ、と近藤唯は思った……。


パトカーを降りると、久野《くの》はその家を眺めて、

「ここか？」

と、部下の室田《むろた》刑事に訊《き》いた。

「そうですね。――〈北岡〉って家ですから」

室田は、コンビニで買ったミネラルウォーターのペットボトルを両手に一本ずつ持っていた。

「大して金がありそうな家にも見えないがな……」

「そうですね。まだ身代金の要求はないようですが」

「ともかく入るか」

久野は、開け放してある玄関を入って行った。すでに警官も何人か到着している。

「久野警部です」

と、室田が先に立って、「家族の方は?」

あまり広くない居間に、親子三人がふくれっつらで座っていた。

「こちら久野警部です」

と、室田刑事が言った。「この捜査の責任者です。行方不明になったのは——」

「北岡竜介。僕の父です」

と立ち上がって、「何か手掛りは? 非常線を張ったんでしょうね?」

久野は、のんびりとペットボトルを受け取ってふたを開け、一口飲んだ。

「お名前を」

「——北岡浩太郎です。早くしないと、犯人は父を遠くへ連れ去ってしまいますよ」

「そちらは奥さんですね。お名前は?」

「あゆみです。北岡あゆみ。これは娘の克子」

克子は黙って小さく会釈した。

久野は息をついて、

「では、北岡竜介さんが姿をくらましたときの状況を話して下さい」

と、ソファに腰をおろした。

「もう話しましたよ、何度も！　早く父を捜して下さい」

「直接伺いませんとね。異変に気付いたのはどなたです？」

久野の淡々とした口調に、北岡浩太郎は苛立《いらだ》ちながらも諦《あきら》めたように、口を開いた。

「父が呼び鈴を鳴らすのが聞こえて……。あのとき、お前がすぐに行ってれば、こんなことにはならなかったんだ」

思いがけず、自分に非難を向けられて、あゆみはムッとした様子で、

「あなたが行けば良かったじゃないの。プロ野球なんか見てたくせに！」

久野は苦笑して、

「その問題は後でお願いします。——呼び鈴というのは？」

浩太郎は、父、竜介が寝たきりだったこと、二階で何か壊れる音がしたことなど、一応順序立てて説明した。

「——なるほど」

久野は肯いて、「その前に、人の気配とか車の音とかに気付きましたか」

「いや、特に……」

「そうですか。――誘拐されたとおっしゃいますが、犯人の姿や、竜介さんを車に乗せて逃げるところを見たわけではないんですね？」

「それはまあ……」

浩太郎は不服そうだ。

久野は立ち上がって、

「では現場を見よう」

と、室田の方へ言った。

二階へ上がると、鑑識の人間が何人か、部屋の中を調べていた。

久野は、窓が窓枠ごと失くなっているのを見て目をみはった。

「これは……。こんなに大げさな誘拐は聞いたことがない」

ついて来ていた浩太郎が、

「しかし、他に考えられますか？」

と、文句を言った。

「誘拐するにしても、こんなに派手に窓を壊す必要はないでしょう」

「それはそうかもしれませんが、何しろ父は自分じゃ起き上がることもできなかったんですよ」

久野はまたミネラルウォーターを一口飲むと、

「常に水分をとりませんとね」

と言った。

そして壊された窓の方へ歩み寄り、外を覗《のぞ》き込んでいたが——。

「北岡さん」

と、久野は言った。「これは誘拐ではありませんよ」

「何ですって？　しかし——」

「ご覧なさい」

と、久野は浩太郎を促した。「ガラス片や窓の周辺の壁も落ちているが、すべて外に落ちている。見えますか？」

「ええ……」

「部屋の中には、全くガラスのかけらも落ちていない。つまり、この窓は外部からの侵入者が壊したのではない。中から壊されたのです」

「中から？——まるで、父が自分で窓を突き破って飛び出したとでも言いたげですね」

久野は浩太郎を見て言った。

「その可能性はありますな」

「やれやれ、生き返ったぜ」

ポチが息をついた。

「良かったね」

マリもお弁当一つ、きれいに平らげていた。

「明日は、もうちょっとましなもんが食いてえもんだな」

「ぜいたく言わないで」

マリは、お弁当のプラスチック容器を袋へ入れて、「これ、捨てて来ないと。燃えないゴミ、だね」

「行って来い。俺は眠い……」

ポチが早くもトロンとした目になっている。

「全く……」

マリは物置を出た。

ゴミ出しは色々難しい。――近くにマンションでもあれば、そこのゴミ置場へ置いて来よう、と思っていた。

マリの足は、さっきのコンビニの方向へと向いていたが、そこへ誰かが走って来て、危うくマリとぶつかりそうになった。

「ごめん！」

「いえ……。どうかしたんですか？」

大学生ぐらいの男の子だ。ひどくあわてていて、

「大変なんだ！　コンビニが……」

「コンビニ？」

「交替で行ってみると、店がひどい状態で」

それを聞いて、マリはコンビニへと走り出していた。

2 破壊

あのコンビニが目に入ったとき、マリはどこが「ひどい状態」になっているのか、よく分らなかった。

夜の中でポッカリと、そこだけが明るく浮かび上がって見える。さっき、マリが「期限切れのお弁当」をもらいに来たときと、どこといって変りは……。

だが、コンビニの前に来て、マリは息を呑《の》んだ。

こうして、目の前に来るまで分らなかったのだが――コンビニの広いガラス窓が、粉々に砕けて、失くなってしまっていたのだ。

「ひどい……」

ガラスの破片が表一杯に散らばり、中の明りを受けてキラキラと光っていた。

「――おい、何だ、これ?」

という声に振り向くと、ポチがついて来ている。

「あんたも来たの」

「何だか騒いでる奴がいたからな」

「近寄らないで！　ガラスの破片で足を切るよ」

と、マリは言った。

「あ、そうか」

マリは一応靴をはいているが、ポチの方は裸足《はだし》である。もっともマリの靴も、捨ててあった、割合にきれいだったのをはいているのだが。

「どういうこと？　窓ガラスがまるで残ってない。――ただ割ったって言うのと、わけが違うね」

出入口の自動扉は無事だった。

マリはコンビニの中へ一歩足を踏み入れて、また目をみはった。

棚の品物が、ほとんど床へぶちまけられている。飲料水のケースの扉が、やはりガラスを割られ、中のペットボトルや缶が床に山になっていた。

「こいつは凄《すご》いな」

ポチが入口から覗いて、「おい、食えそうなもんがあったら、拾っとけよ」

「それどころじゃないでしょ」

マリの心配は、さっきお弁当をくれたレジの女の子がどうしたか、である。

「ええと……確か〈近藤唯〉って名だったわ。――近藤さん！　唯さん！　どこですか？」

と、マリは呼んだ。「唯さん！　いますか？」

うまくこの災難を逃れたのならいいが。

そのとき――どこかで低い呻《うめ》き声がした。マリはポチの方を振り返って、

「今、唸《うな》った？」

「俺じゃねえよ」

マリは店の中を見回した。

すると――ペットボトルの山が少し揺れて、崩れた。その下から呻き声が聞こえている！

「あの下だ！　ポチ、手伝って！」

と、マリは駆け寄ると、ペットボトルをかき分けて、「唯さん！　聞こえますか！」

と呼んだ。

「助けて……」

今度ははっきりと聞こえた。

「今すぐ！――ポチ！　お弁当もらったんだから、手伝いな！」

「分ったよ。うるせえな……」

ブツクサ言いつつ、ポチもやって来る。

弱々しく差し出される手を、マリは握った。

「ポチ！　この袖《そで》をくわえて、引張って！」

液体の詰っているペットボトルは相当に重い。ポチは袖口をくわえると、ぐいと引張った。

ガラガラと山が崩れて来て、近藤唯の顔が現われた。

「大丈夫ですか！　しっかりして下さい」

マリも今度は唯の腕をつかんで引張る。

「痛い！　そっと引張って」

と、唯は悲鳴を上げた。

「すみません！　足、どうですか？」

「折れてるかも……」

唯の顔も、ガラスで切ったのか、いくつも傷ができて痛々しく、血が流れていた。

「そっと……。そうです。立てますか？」

「とても……無理」

唯は胸に手を当てて、「息をするにも痛いの……。あばらが折れてるかも……」

マリは、唯を棚にもたせかけて、

「今、救急車呼びます」

と、カウンターの方へ急いだ。

しかし、店用の電話はコードが引きちぎられていた。

「私のケータイが……バッグに……」

と、唯が痛みをこらえつつ、言った。

マリは、カウンターの奥にあった唯のバッグを見付けると、中のケータイを出して、救急車を頼んだ……。

「――すぐ来ますよ。唯さん、何があったんですか？」

「分らない……」

と、唯は小さく首を振った。「何しろ……アッという間で……」

「強盗とか――。でも一人じゃないですね」

「一人なの……」

「一人でこんなにひどい荒らし方を？」

「それが……おじいさんなのよ……」

「おじいさん？」

「もう……たぶん七十は過ぎてる……」

唯は咳込《せきこ》んで、胸の痛みに顔をしかめた。

「無理にしゃべらないで。――すぐ救急車が来ます」

「うん……。ありがとう」

と、息をついて、「あなた……ここにいない方がいいんじゃない？」

「でも……」

「私は大丈夫……」

ポチが、

「おい、そいつの言う通りだ。面倒だぜ、巻き込まれると」

と言った。

「何か吠《ほ》えてるわよ」

と、唯が言った。

「じゃあ……行きます」

と、マリは立ち上がった。

「行って。――用心してね。あのおじいさんがまだその辺にいるかも……。凄い力なの。私投げ飛ばされて、あっちの棚に叩《たた》きつけられたの……」

信じられないような話だったが、たぶん事実に違いない。

マリは、心残りだったが、コンビニを出て、近くの暗がりで様子をうかがっていた。

やがてサイレンが聞こえて、救急車が着いたので、マリはホッとした。

「ポチ。これって、普通じゃないよね」

「そうだな。ただの強盗なら、あんなにひどくぶっこわさないだろうしな」

「一体何だろう？　しかも、七十過ぎのおじいさんが一人で暴れたって……」

マリにはいやな予感がしていた。

そのひどい破壊には、単なる怒りや苛立《いらだ》ちを越えた力が働いている、という気がしたのだ。

担架に乗せられて、近藤唯が救急車に運び込まれる。

救急車がサイレンもけたたましく走り去るのを、マリは見送っていた……。

「おい」

と、ポチが言った。「いつまでもウロウロしてると、パトカーが来るぜ」

「うん」

マリも捕まりたくはなかった。

ポチと共に破壊し尽くされたコンビニを後に、歩き出したが、

「どこへ行こうか？　あの物置にいたら、調べにくるかも」

「もう少し遠くへ行こう。この時間じゃ、どこへ行くったってな……」

二人は広い道へ出た。

夜中でも、車やトラックがずいぶん通っている。

「まずいぜ」

と、ポチが空を見上げて言った。

雨だ。——野宿生活にとっては辛《つら》い。

しかももう十一月。

雨に濡《ぬ》れると、凍えてしまう。

「ずっと降るかしら」

「さあ。天使だろ。天気予報ぐらいできねえのか」

「天国と本当の天とは別よ」

「この前の傘を持ってりゃ良かったんだ」

「だって、あれは駅の備え付けのよ。ちゃんと返さないと」

「濡れて風邪ひいても、面倒みねえぞ」

二人は、木立の下へ入ったが、雨は本降りになって来た。

このままじゃ、ずぶ濡れだ。

道を行く車が、路面の水をはね上げて行く。ライトの中に、矢のように雨が光った。

「おい……。やれよ」

ポチが鼻先でマリをつついた。

「え？　だって……」

「ここで野たれ死にするのか？」

まあ、マリは天使だから、死んだところで天国へ帰るだけだが……。

「気は進まないけど……。仕方ないね」

「そうだ！　さすがは天使」

「馬鹿」

マリは走り抜けて行く車を何台か見ていた。

「――どれがいいかしら？」

「トラックはよせよ。本当にひかれたら一巻の終りだ」

「でも、こう暗くちゃ、どんな車か分らないし……」

じっと目をこらしていると、乗用車がやって来る。

ごく普通のファミリーカーだ。

「あれにしようか」

マリは呼吸を整えた。――もちろん、本当はいやなんだけど。

大天使様、ごめんなさい！

車がやって来る。タイミングを見て、マリは車の前へパッと飛び出す――ふりをして、車がすれすれの所をかすめると同時に、大きく外側へと転がった。

冷たい！　雨に濡れた地面に転がるんだから、楽ではない。

「ポチ！　車、停った？」

と、地面に倒れたまま声をかける。

「ああ。バックして来る。ひっかかったぞ」

「じゃ、ほら、早く」

ポチがノコノコと倒れているマリのそばへやって来ると、マリの顔をペロペロとなめた。

あの車がバックして来ると、数メートルの所で停り、中から誰か降りて来た。

「あなた！　女の子が倒れてるわ」

と、女性の声がした。

「はねたのか？　当った感じはなかったけど……」

運転席から降りてきた男が、雨の中をやって来た。

「あなた……。どう？」

奥さんの方はこわごわ様子をうかがっている。

「犬がいる。——飼犬だな、きっと。主人をペロペロなめてる」

「女の子は？」

「うん……。おい、君、大丈夫？」

ご主人の方も、触るのは怖いのか、少し手前で足を止めている。

大丈夫なら、気絶してないでしょ！

マリはぐったりと倒れたまま。——冷たい雨に打たれているのは辛かった。

「死んだの？」

と、奥さんが言った。「ね、逃げちゃいましょうか」

冗談じゃない！　せっかくここまで苦労したのに！

マリは少し動いて呻《うめ》き声を上げてやった。

「おい、生きてるぞ」

と、ご主人が言った。「病院へ運ぼう」

「でも——警察に連絡が行くんじゃないの？」

「そりゃまあ……」

「だめよ！　捕まったりしたら、大変じゃないの」

「だからって、放って行くのか？」

「その子を車へ乗せて、うちへ連れて行きましょ。うちで手当すれば治るかも」

「しかし——」

「どうしても具合が良くないようなら、病院へ連れていけばいいじゃないの。ね？」

「分ったよ」

と、ご主人の方も肯《うなず》いて、「よし、じゃ足の方を持ってくれ」

「ええ。——見かけより重いわね」

マリは聞いていてムッとした。ポチが忍び笑いをしている。

車の後部座席へ寝かされる。ポチも素早く車の中へ入り込んだ。

「おい、犬も乗せてくのか？」

「仕方ないわよ。ともかく早く戻りましょ」

「分った」

マリはそっと息をついた。

――これじゃ「当り屋」だ。

でも、マリは、もちろんお金を脅し取ったりしない。

ともかく数日間、泊めてもらえばそれでいいのだ。その間に、次のことを考える。

あの事件がなければ、こんな真似しなくて良かったのだが……。

「これで何とか、今夜の寝場所は大丈夫そうだな」

と、ポチが言った。

車は雨をついて走って行く。

――夫婦は共に四十歳くらいか。

見たところ、ごく普通のサラリーマン風である。

奥さんの方が、ケータイを取り出してかけている。

「――もしもし、美樹《みき》？　遅くなってごめんね。大変だったの、向うも。それでね、駐車場の所まで出ててくれない？」

美樹というのは娘だろう。

「——うん、分ってるけど。ちょっとね、事故があって。——そうじゃないの。近くに行ったら、もう一度かけるからね」

車とすれ違って、パトカーがサイレンの尾を長く引きながら、走って行った……。

車が停ると、傘をさした女の子がやって来て、車の中を覗《のぞ》き込んだ。

「どこで拾ったの？」

品物扱いだ。

「この車で、ちょっと引っかけたらしいんだ」

と、ご主人が言った。「家の中へ運ぶから、傘、さしててくれ」

「うん」

駐車場といっても屋根はない。

マリは、夫婦にかなり乱暴に運ばれて、少し痛そうに声を上げた。

——そこは団地で、駐車場からその一家の住む棟までは少し離れている。

「美樹、エレベーターのボタン押して」

と、奥さんが言った。

「うん」

美樹という娘、中学生だろう。メガネをかけて真ん丸な顔をしている。「その犬も一緒だったの？」

「そうなのよ」

「でも、ここ、ペット禁止だよ」

「分ってるけど、今は仕方ないでしょ」

と、奥さんが息を切らして、「さ、早く中へ」

エレベーターで五階まで上がると、

「ご近所に見られない内に、早く！」

と、焦りながら廊下を運ぶ。

５０３号室の中へやっと運び込むと、

「ともかくソファへ寝かそう」

マリは、居間のソファに横たえられた。

夫婦はハアハアと息をついて、

「何とか……うまくいったわね」

「しかし……これですんだわけじゃ……」

美樹は、玄関から中をうかがっているポチの方が気になるようで、

「可愛くない犬だね」

と、眺めていた。

「お前も可愛くないぜ」

と、ポチが言い返した（もちろん、マリにしか分らないのである）。

「――私、青木《あおき》というの。青木爽子《さわこ》。あなたは？」

「マリ……です」

「マリちゃん？　どこか痛む？　傷は？」

「けがは……していないと思います。あちこち痛いけど、そんなにひどくないです……」

「良かったわ。じゃ少しここで横になって様子を見ましょうね。――美樹」

「なあに？」

「この子、びしょ濡《ぬ》れなの。あなたの服、どれか貸して」

「私の？」

美樹はソファの方へやって来て、「――十六、七かなあ。でも、大して胸もないし、私ので着られそうだね」

マリは聞こえなかったふりをした……。

ごく普通のサラリーマン家庭という感じである。子供はこの美樹一人らしい。

美樹は居間へ上がって来たポチのそばに座り込んで、頭をなでると、

「吠《ほ》えちゃだめよ。ここはペット禁止だけど、こっそり飼ってる人がいるんで、結構お互い見張って告げ口したりするから」

と言った。「ね、お母さん、この犬、私の部屋に置いていい？」

「今だけよ」

「うん。分ってる」

美樹は楽しげにポチの体をなで回した。

ポチは迷惑そうで、

「よせ！　気持悪いから触るな！」

と逃げ出しそうにしている。

「美樹、早く着る物を」

「あ、そうか」

美樹は立ち上がって自分の部屋へと急いだ。

ポチはマリの方へ、

「ここなら二、三日はいられそうだな」

と言った。

「うん……。申しわけないけどね」

「また腹が減ったな」

「ちょっと……」

と、マリは顔をしかめた。

「どうも、お父さんが誘拐されたという証拠が見付からないんですがね」

と、久野警部がミネラルウォーターをペットボトルから飲みながら言った。

「でも、他に考えようが……」

と、北岡浩太郎は不服そうだ。

「お父さんは本当に体が動かなかったんですね」

「当り前ですよ！　病院の先生に訊《き》いてみて下さい」

「そうしましょう」

窓の壊された二階の部屋へ、雨が降り込んで来る。

「警部」

と、部下の室田刑事がやって来た。

「どうした。何か分ったか？」

「実はちょっとお耳に入れたいことが」

久野は室田と廊下へ出た。

「何だ？」

「この近所のコンビニが……」

室田の話を聞くと、久野の目が光った。

「面白い話だ」

「しかし、これとは無関係かも……」

「行ってみよう」

久野は浩太郎に、「お父さんの写真を一枚貸していただけますか？　最近のものがいいんですがね」

「じゃあ……。退院して来たときに撮ったのがいいかな」

浩太郎が写真を出して来ると、久野は、

「しばらくお借りします」

と、ポケットへ入れ、室田を促した。

――コンビニまではパトカーですぐだ。

「このミネラルウォーターを買った店ですね」

と、室田は言って、「これは凄《すご》いや」

久野は、壊されたガラス窓、荒らされた店内を見回すと、

「この壊し方は、あの家の二階の窓と共通してるものがある」

と言った。

「そうですね。でも……」

「店員は？」

「打撲傷で、病院に」

「よし、話を聞こう」

と、久野は言った。

パトカーで病院へ回る。

近藤唯は、全身包帯にくるまれた恰好《かっこう》で、横になっていた。

「痛み止めで、少しぼんやりしています」

と、看護師が言った。

「――我々を憶《おぼ》えてるかね」

と、久野が話しかけると、唯はうっすらと目を開けて、

「ええ……。ミネラルウォーターのお客さんですね……」

「ああ、そうだ。犯人はどんな奴だった？」

「あの……お年寄りでした。パジャマに裸足《はだし》で……」

久野は室田とチラッと目を見交わした。

そしてポケットから写真を取り出すと、

「もしかして、この男かね？」

と訊いた。

唯がサッと青ざめて、

「この人です！　間違いありません！」

と声を震わせた。

北岡竜介の写真を見せられて、近藤唯は恐怖で身震いが止まらなくなった。

看護師があわてて駆けつけて来ると、

「患者さんを興奮させないで下さい！」

と、久野をベッドのそばから押しやった。

「いえ……。大丈夫」

唯は何とか息をついて、自分を取り戻した。「早く捕まえて下さい」

「なるほど……」

久野は北岡竜介の写真を眺めて、「しかしね、家族の話では、このじいさんは、病気で寝たきりなんだそうだ。歩くことはもちろん、ベッドに起き上がることも、話すこともできない」

「そんな馬鹿な！」

と、唯は言った。「あのお店のひどい壊され方、見ました？」

「ああ」

「あれは、その人一人でやったんですよ。私は何メートルも放り投げられたんです」

「確かに、あれは並の力じゃない」

と、久野が肯く。

「私は人違いなんかしていません。——お店に、パジャマ姿に裸足で入って来たので、これは普通じゃないと思って、声をかけたんです。『何かお探しですか?』って。そしたら、いきなり手近な棚の品物を叩《たた》き落として……。私、びっくりして止めようとカウンターの中から出ました。そしたら、胸ぐらをつかまれて……」

唯は目を閉じて、「凄い力でした。人間とは思えないくらい」

「何か話したかね」

「私を放り投げるときに、『やかましい!』と怒鳴ったような……。後は、半分気を失っていたので……」

久野は少し考え込んでいたが、

「では、早速手配しよう。こういう恰好じゃ、じき目につくだろうが」

「用心して下さい。お巡りさんも一人二人じゃ、とても捕まえられませんよ」

と、唯は真剣に言った。

「どういうことですかね」

パトカーの中で、久野の部下、室田刑事が言った。

「さあな」

と、久野はのんびりと、「ともかく、このじいさんを捜し出すことだ。見付かれば分るさ」

「ですが――」

「あのコンビニの女の子が嘘をついているとは思えん。しかし、じいさんが寝たきりだったという話も、嘘とは思えん」

「じゃ、どういうことになるんです？」

「明日、このじいさんの担当の医者に会ってみよう。自然に回復する可能性があるかどうか」

「でも、本当に寝たきりだったとしたら……。誰かがその年寄りの扮装《ふんそう》でもしてたんでしょうか」

「何のためにだ？」

「いえ、それは……」

と、室田が口ごもる。

「そう、――そこが謎だな。何のためだ？　何のために、あんなに派手に窓を壊して出て行ったのか。そして、何のためにコンビニをあそこまで破壊したのか」

「妙ですね。――レジの金も盗《と》られていませんでした」

「金目当てではない。すると何だ？」

久野は首を振って言った。「どうも、この事件は奥が深そうだ」

久野は、むしろ楽しげな表情をしていた。

そして、手にしていたペットボトルのミネラルウォーターを一口飲んで、

「ぬるくなった」

と、顔をしかめ、「おい、冷えたのを買っといてくれ」

と室田へ言った……。


雨は激しく降り続いていた。

しかし、北岡竜介は、ずぶ濡《ぬ》れになりながらも、少しも苦にならなかった。

裸足で歩いて、少しはけがでもしそうだが、痛くもかゆくもない。

全身にエネルギーが溢《あふ》れ、体は内側から燃え上がる炎でカッカとほてるようだった。

見ろ、俺の力を！

どんなことでも、今の北岡竜介にはできそうな気がしていた。

ライトが竜介を照らした。

「——何してるんだね」

と、声をかけたのは、自転車に乗った、雨ガッパ姿の警官だった。

「散歩だ」

と、竜介は答えた。

「この雨の中を？　そんな恰好で、風邪ひいて肺炎にでもなったらどうするんだ」

警官は、勝手にフラフラと家を出て来た老人だと思ったらしい。自転車を降りると、

「さあ、送って行くよ。家はどこだい？」

と、竜介の方へやって来た。

「明りがまぶしい。どけろ」

と、竜介は言った。「俺は好きにする。いちいち口を出すな」

「やれやれ、困ったね」

と、警官は苦笑して、「待ってくれ。今、パトカーを呼ぶ」

「余計なことをするな！」

竜介は警官の手から、懐中電灯を叩き落とした。

「おい、何をする！　年寄りだと思って優しくしてやってるのに――」

と、つかみかかって来る警官の胸ぐらを捕えると、竜介は、「ヤッ！」というかけ声と共に警官の体を持ち上げた。

そして、数メートル先まで投げ飛ばしたのである。立木に叩きつけられた警官は気を失った。

「口やかましいのは沢山だ」

竜介は、自転車を持ち上げると、倒れている警官のそばへ行き、頭上高く持ち上げ、叩きつけようとした。

誰かがその手を止めた。

「——誰だ?」

振り向くと、あの「影」が立っていた。

「それくらいにしておけ」

「あんたか……」

「殺すと厄介だ。いいな」

「ああ……。分った」

竜介はおとなしく自転車を傍へ投げ出した。

「どうだ、気分は?」

「最高だよ!」

「私との約束を憶《おぼ》えているな」

「もちろんだ」

「では、一緒に来てもらおう。さあ、こっちだ」

促されて、竜介は歩き出した。

——車が停っていた。

黒塗りのワゴン車である。ライトも点《つ》けていない。

扉が開いた。

「さあ、乗って」

「どこへ行くんだね？」

竜介の問いに答えはなかった。

竜介が乗り込むと、車はライトを点けないまま、雨の中を静かに走り出した。

3　裏切り

あら……。

電車で、たまたま隣に座った女性の膝《ひざ》に、見慣れた封筒を目にして、邦子《くにこ》は思わず声を上げそうになった。

薄いブルーのその大判の封筒は、いつも夫が会社から持って来るのと同じだった。

やっぱり……。

封筒の上に置かれた手が少し動くと、〈S保険株式会社〉という文字が目に入った。

夫と同じ社の人なのだ。訊《き》いてみれば、もちろん夫のことも知っているだろう。

しかし、邦子は黙って座っていた。——隣の女性はジャンパースカート風の制服らしい服装で、きっと仕事でおつかいに出ているのだろう。

まだずいぶん若い。二十三、四というところか。丸顔で、ちょっと人目をひくくらい可愛い。

松永《まつなが》邦子は、デパートに行こうと、都心へ向う電車に乗っていた。〈S保険〉は、この路線から途中で乗り換えて三十分ほど。

それにしても、社員が五、六十人しかいないのに、こうして隣同士になるなんて。偶然って面白いものね。

邦子は車窓から外の風景を眺めた。

以前は邦子もＯＬで、この線に乗って通っていたものだ。辞めて、もう何年になるだろう……。

邦子はそっと隣の女性へ目をやった。

私も、あのころはこんな風に見えたのかしら？　たぶん、これくらいの年齢のときには、忙しく残業もよくしていた。

隣の女性がウトウトしている。――この人も忙しいのかもしれない。

話しかけたりしなくて良かったわ。

邦子はそう思った。そのとき、ブーン、ブーンという低い音がした。

すぐに思い当る。ケータイのマナーモードの着信音だ。

隣の女性の手にした小さなポシェットから聞こえている。居眠りしていて気付かないのだ。

すると、ポシェットの口が開いていたらしく、中からケータイがスルリと抜け出して、足下に落ちた。一旦《いったん》、床に弾んで、ケータイはパカッと開いて邦子の足下へ転がった。

邦子は反射的にそれを拾い上げていた。

隣の女性も、邦子が前にかがんだのでハッと目を覚ました。

「落ちましたよ」

と、邦子はケータイを女性に渡した。

まだケータイは細かく震えている。

「すみません！」

と、頰を染めて礼を言うと、ケータイに出た。「――もしもし」

小声で、辺りをはばかりながら、

「今、電車の中。――ええ」

邦子は、つい聞き耳をたてていた。

「――そんなこと、無理よ。――え？　だって……」

困っている様子ではなく、楽しそうに笑っている。話し方からみて、相手は恋人だろうと邦子は察した。

「ええ。構わないけど、私は。でも、今夜、タケシさんは接待じゃないの？」

タケシさん？――邦子は、「主人と同じ名前だわ」と思った。

「そんな……。途中で抜けていいの、営業課長が」

と、その女性は言った。「――うん。分ったわ。じゃ七時にね。いつもの噴水の前で」

口元には笑みが浮かんでいる。

通話を切って、ケータイをポシェットの中へ戻すと、邦子の方へ笑顔で、

「すみませんでした」

と会釈した。

「――いいえ」

返事するのに、少し間があった。

すみませんでした、って……。それって、あなたのご主人を奪って、「すみません」ってことじゃないわよね……。

タケシさん。接待。営業課長。

邦子の夫、松永健《たけし》は、S保険の営業課長である。

今朝出がけに、

「今夜は接待なんだ。遅くなる」

と言っていた。

今、この女性に電話して来たのは、夫ではなかったのか……。

何か思い出したらしく、その女性はケータイを取り出すと、どこかへかけた。

「――あ、須川江利子《すがわえりこ》ですが。――すみません、今夜、ちょっと残業になりそうなので、お稽古《けいこ》、休ませて下さい。――よろしくお願いします」

須川江利子。

その名前は、邦子の頭に刻み込まれた。

乗り換え駅に着いて、その女性は降りて行った。

邦子は、自分がどこへ向っているのか、しばらく思い出せなかった……。


「この病院だ」

と、マリは建物を見上げて、「あんた、この辺で待ってて」

「ああ、分ったよ」

ポチが大欠伸《おおあくび》して、「どうもヒマでいけねえや」

「ぜいたく言わないの。楽してるじゃない、私たち」

「そりゃそうだけどな」

「野良犬と思われて捕まらないでよ」

マリはそう言って、病院の中へ入って行った。

夕方だが、まだ外来の待合室は人で溢《あふ》れている。

マリは窓口へ行って、近藤唯の病室を訊いた。

——古い病院なので、中は迷路のようだ。

矢印を捜して、何とか辿《たど》り着くと、病室の中を覗《のぞ》いた。

六人部屋の窓側の方に、近藤唯が寝ている。

「――どうも」

と、おずおずと近寄っていくと、

「あら。――あなた、黒い犬と一緒だった子ね」

「はい。あのときは、お弁当をありがとうございました」

と、まず礼を言って、「けが、どうですか?」

「何か所か骨にひびが入ってるの。折れた所は一か月くらいかかるって」

「そうですか。でも、他には何も?」

「まあ、石頭なんでね」

と、唯は言って笑った。「今はどこかに落ち着いてるの?」

「ええ、ここ何日か。――犯人、まだ捕まってないんですね」

「TVでもほとんどやってないわね。私の言うことを信じてないのよ、警察が」

「こんなひどい目に遭ったのにですか?」

「私ははっきり犯人を見た。でも、その人は医学的に絶対歩くこともしゃべることもできないって。だけど、私は自分が幻を見たわけじゃないと分ってるもの」

「北岡竜介さんって人ですよね。その人も見付かっていないとか……」

マリは椅子に腰をおろした。

「私、マリといいます」

「マリちゃん？　可愛い名ね」

と、近藤唯は微笑んで、「あの犬は、ポチって呼んでたっけ」

「ええ、そうです。本人は気に入ってないんですけど」

マリの言葉に、唯はちょっと笑って、

「面白い子ね、あなたって」

「すみません。冗談言ったつもりじゃないんですけど」

「いいえ。お見舞に来てくれる人もいないんで、少しにぎやかにしてくれた方がいいわ」

マリは、少しためらってから、

「実は……今度の事件、何か妙だと思うんです」

と、口を開いた。「普通の強盗とか暴力事件にしては変です。あんなお年寄りが、どんなに元気になったって、あれほどお店を壊せるとは思えません。しかも、医学的には歩くどころか、起き上がるのも不可能だっていうんですから」

「ええ。私もそう思うわ」

「しかも、何のためにお店を壊したり、唯さんを傷つけたりしたのか、分りません」

「お金は盗《と》って行かなかったらしいしね」

「何だか——この事件、超自然の力が働いてるような気がするんです」

唯はちょっと眉《まゆ》をひそめて、

「どういう意味？」

「あの……笑われるかもしれませんけど、たとえば、あのおじいさんが、何かに操られているとか……」

「操られてる？　お人形のように、ってこと？」

「それに近いです。そう考えないと、説明がつかないと思うんです」

「でも、何があのおじいさんを操ってると思うの？」

「もしかすると――『悪魔』とか」

唯が唖然《あぜん》とするのを見て、マリは急いで言った。

「馬鹿げてると思われても仕方ありません。でも、私、真面目に言ってるんです。何しろ……私は天使なんで」

マリの言葉に、唯はすぐには言葉が出ないようだった。マリが続けて、

「あの、これ、冗談じゃないんです。私は天国でちょっとサボってて……」

と言いかけたときだった。

病室へ入って来た二人の男。

「あら」

と、唯が言った。「刑事さんだわ」

マリは立ち上がった。

あの晩、コンビニで会った刑事たちである。

「やあ」

と、唯のベッドのそばへやって来る。

「どうかな、具合は？」

「久野さんでしたね」

「ああ。これは部下の室田」

と言って、マリを見る。「君は……どこかで会ったか？」

「私のお友だちです」

と、唯は急いで言った。「何か捜査に進展が？」

「いや、残念ながら今のところは」

と、久野は首を振って、「君がその後、何か思い出したことでもないかと思ってね」

「私は、憶《おぼ》えてること全部、お話ししました」

と、唯は言った。「信じて下さらないかもしれませんけど」

「いや信じているよ」

「本当ですか？」

久野は、少し小声になって、

「これは公式に発表していないが、あの夜、パトロールの警官が、やはりパジャマ姿の老人が裸足《はだし》で雨の中を歩いているのを見かけ、声をかけた。ところが、凄《すご》い力で放り投げられたというんだ」

「やっぱり……」

「何しろ、警官の言うことだしな。君の言ったことは、少しも大げさではなかった」

「一般市民の言うことは信用しない、ってわけですね」

と、唯は少しむくれた。「そのお巡りさんのけがは？」

「幸い、打撲だけですんだ」

「良かったわ……。でも、なぜそのことを隠すんですか？」

「その警官も、写真を見て、相手が北岡竜介だと確認している。しかしね――」

と、久野は難しい表情になって、「我々としては、医学上不可能なことを、公表するわけにいかない」

「そういうことですか」

と、唯が小さく肯《うなず》く。

「ともかく、今はあの老人を見付けることが第一だ」

と、久野は言ってから、不意にマリの方を向いて、「思い出したぞ。あの夜、コンビニにいた子だな」

マリはつい目を伏せてしまう。

また「身分証を見せろ」とでも言われたら困るのである。

久野が何か言いかけたとき、室田刑事のケータイが鳴り出した。

「病院の中ですよ」

と、唯が眉をひそめる。

と、室田が少し離れて、「——もしもし」

「分ってるよ！——何だって？ ——分った！」

「どうした」

「警部。それらしい老人を見付けたと」

「よし、行こう。邪魔したな」

久野は大股《おおまた》に病室を出て行った。

「——良かったわね」

と、唯が言った。

「ええ……。でも、本当に見付かったのかしら」

と、マリは呟《つぶや》くように言って、「私も、ちょっと失礼します。表に置いて来たポチが心配で」

「駐車違反で連れてかれてる？」

「もしかしたら」

と、マリは笑って、「また来ていいですか？」

「もちろんよ。何しろヒマだから、大歓迎」

「じゃ、天国の話は改めて」

「楽しみにしてるわ」

唯が小さく手を振る。

マリは病室を出た。

表に出ると、ポチが退屈そうに欠伸《あくび》していた。

「無事だったのね」

「ときどき、通りかかるガキに吠《ほ》えかかって、泣かせてやった」

「そんなことしてると、野良犬だって通報されるよ」

「そろそろ帰ろうぜ。腹が減った」

帰る先があるというのは本当に幸せだ、とマリは思った。

といって、いつまでも青木家に居候しているわけにもいかないが……。

「行こう」

と、マリはポチを促して歩き出した。

「ねえ、ポチ」

病院からの帰り道、マリは少し考え込んでから言った。

「何だよ」

ポチの方は、あんまり考えないで、「愛の告白なら、夜になってからにしろ」

「馬鹿言うとけっとばすよ！」

と、怒りながらマリは赤くなっている。

「へへ、子供だな、天使ってのは」

「悪魔ってのは、真面目な話ができないのね！」

と、マリがふくれっつらになる。

「何だってんだ？」

「――例の怪力のお年寄りのことよ」

「北岡竜介ってじいさんのことか」

「そう。――私、どう考えても『人間わざ』じゃない、って気がするの」

「どういう意味だ？」

「動くことも、しゃべることもできない人を自在に動かしたり、それも人並み外れた力を与える。――こんなことできるの、悪魔くらいでしょ。それもあんたなんかより、ずっと上級の」

ポチは内心ヒヤリとした。

マリに言われるまでもなく、ポチはこの一連の出来事に、「自分のとこのボス」が係《かかわ》っているような気がしていたのである。

「知らねえな」

と、ポチはとぼけた。

「何か聞いてない？」

「知らねえってば。それに、もし知ってたとしても、天使のお前に教えると思うか」

「冷たいのね」

と、マリはため息をついて、「一緒に旅してる仲間でしょ」

「そんなことより、早く帰ろうぜ。腹が減った」

「でもね、ポチ。――あんな風に、わざと人目をひいたり、世間を騒がせるのって、何か理由があると思うの。たとえ悪魔のすることでもね」

と、マリは言った。「目的があるとすれば何なのか、知りたい」

「知ってどうする？　お前なんか、しょせんは十六、七の小娘だぜ。誰が話を聞いてくれるってんだ？」

「まあね……」

マリにも分っている。

人間の世界では、何か「会社」とか「組合」とか、大きな組織に属していないと、話に耳も貸してくれないのだ。

といって、諦《あきら》めてしまっていては、人間界へ研修に来ている意味がない。

「あのお年寄りが本当に見付かったのならいいけどね……」

と、マリは呟いた。

「おい、振り向くなよ」

ポチが油断のない声で、「尾行《つけ》られてるぜ」

「え？」

マリは、赤信号で足を止めると、ショーウィンドウに目をやった。

あの室田という若い刑事が、少し離れてついて来ているのが映っていた。

「よく気が付いたね」

「悪魔は、神経が繊細にできてんだ」

と、ポチが自慢した。

久野という刑事が、マリのことを憶《おぼ》えていたから、「どこに住んでいるか、見て来い」

と、部下に命じたのだろう。

何も悪いことはしていないから、逃げなくてもいいのだが、世話になっている青木家に迷惑がかかるといけない。

「行く？」

「晩飯前の腹ごなしと行くか」

二人はチラッと目を見交わして、横断歩道の信号が青になると同時にパッと飛び出した。

そして、一旦《いったん》地下鉄の駅へと階段を駆け下り、そのまま別の出口から地上へ出た。

「——ついて来ないね」

マリは息を弾ませて、「あの刑事さん、あんまり運動神経良くなさそうだ」

「今ごろ地下鉄の駅の中を、焦って駆け回ってるぜ」

と、ポチは笑って、「人をからかうのは楽しいな」

マリとしては、悪魔と一緒になって、こんなことを面白がっていてはいけないのだが、

でも——本当に楽しい！

「もう暗くなるね」

と、マリは言った。「帰ろう」

七時、いつもの噴水の前。

——須川江利子という子が、ケータイで言っていたのを、松永邦子は忘れていなかった。

でも——まさか。

いくら何でも、そんなことはないわよね。

邦子は、「噴水」の見える所にいた。

七時にあと五分ほど。

邦子の姿に夫、松永健が気付くことはないだろう。

噴水といっても、いくつもある。

地下街の中央広場にあるこの噴水なら、冬でも待ち合せていて寒くない。

でも、まさか……。

邦子は、私服のスーツ姿になった須川江利子がやって来るのを目にして、直感が当っていたことを知った。

やはり……。やっぱり、夫だったのだ。

夫が、ここで須川江利子と待ち合せているのだ。

なぜ分るかといえば、松永健と邦子が結婚前にデートするとき、いつもこの噴水前で待ち合せていたからである。

そして本当に、十分ほど遅れて、夫、松永健がやって来るのが見えた。

あの人ったら……。

浮気するのに、昔妻と待ち合せたのと同じ場所を使わないでよ！　せめて、今風の待ち合せ場所があるでしょ！

邦子は、須川江利子が夫の腕にしっかりと自分の腕を絡めて、幸せ一杯という笑顔になるのを見た。

夫が何か言っている。――離れているし、噴水の音で、聞こえないのだが。

でも、きっと昔と同じことを言っているのだ。

「何か軽く食べてからにしよう」

そして、彼女を安く上がる店へ連れて行く……。

邦子は、自分でも意識しない内に、人ごみの中を急ぐ二人を、追いかけていた。

さすがに、昔と同じ店じゃなかったが、それはただ「その店が潰《つぶ》れてしまった」からかもしれない。

それとも、須川江利子の方が、この店を選んだのか。若い女の子の好みらしいパスタのお店。

邦子は、ためらいもせずに、同じ店へと入って行き、夫と恋人の居る席の隣の席についた。

夫とは背中合せ。

気付くかしら？――邦子は気付いてほしいという気持だった。

夫、松永健と須川江利子がオーダーを済ませると、同じウェイトレスが隣のテーブルの邦子の所へやって来た。

「お決まりですか」

「ええ」

邦子は、スパゲティと紅茶を頼んだ。

わざと少し大きい声を出した。背中合せに座っている夫が、自分のことに気付くだろうと思ったのである。

そう。いくら「若い彼女」と一緒でも、十年も共に暮している妻の声ぐらい分るだろう。

しかし、松永健は全く邦子のことに気付く様子はなく、須川江利子とおしゃべりを始めた。邦子は失望した。

松永と須川江利子の会話は他愛《たわい》のないものだった。恋人相手に、こんな世間話をして面白いのかしら。

スパゲティが来た。それも三人一緒に。

邦子は食べ始めたが、一向に味が分らなかった。

妙な光景だ。夫と恋人、そして妻。三人が隣合せのテーブルで、スパゲティを食べている。

食べている間に、やかましかった女子学生のグループが帰って行き、店内が少し静かになった。

「——何だって？」

突然、松永の声が高くなった。

そして、微妙な間……。

須川江利子が笑い出した。

「びっくりした？」

「――おい、心臓に悪いことを言うなよ」

と、松永は息をついて、「スパゲティが喉《のど》に詰ったらどうするんだ」

「でも、もし本当だったら、どうするの？」

と、江利子は訊《き》いた。

「しかし――君はまだ若いじゃないか」

「もう二十四よ。今できても、生まれるのは二十五だわ」

「君は……産む気があるのか」

「結婚してくれるならね」

と、江利子は言った。「ちゃんと奥さんと別れて、私と結婚してくれる？」

邦子の手は、スパゲティを巻き取ったフォークをつかんだまま、口元へ運ぶ途中で止まっていた。

「江利子……。本気なのか」

「こんなこと、冗談で言わないわ」

「だが、君と僕は十八も年齢《とし》が違う」

「私も初めは『大人の付合い』で、いつか飽きるときが来たら、スッパリと別れようと思ってた。そういうのって、カッコいい、と思ったの。でも、何度か会っている内に、この人に決して飽きないだろうって気がして来たの」

「それは僕だって……。しかし、まさか現実にそんなことが起こるなんて」

「子供、欲しい？」

「ああ。——欲しいよ。うちの奴は子供ができない体なんだ。まあ、それならそれで気楽だって言って来たけど、本当は子供が欲しい」

松永は江利子の手を取って、「僕の子を産んでくれるかい？」

「ええ。結婚してくれたらね」

「もちろんさ！」

——こんな話を、他人の聞いている店の中でするなんて。

邦子は、まずそのことに呆《あき》れた。高校生のカップルじゃあるまいし。

「嬉《うれ》しいわ」

「女房にはきちんと話すよ。なに、いつもぼんやりしてるのが趣味って女なんだ。うまく丸め込むさ。自分でも気が付かない内に、離婚届に判を捺《お》してるよ」

「まさか」

と、江利子は笑った。「——ね、そうと決まったら、早く食べてホテルに行きましょう」

「ああ、五分で食べるぞ」

「デザートはなしね」

「君がデザートの代りだ」

二人の明るい笑い声。

笑って話すようなことなの？　十年間連れ添った妻を追い出そうという話って。

二人は本当に「五分間で」食べ終ると、急いで店を出て行った。

邦子は、ゆっくりりと時間をかけて、冷めておいしくなくなったスパゲティを食べていた……。


冷たい風など、気にもならない。

邦子は公園のベンチに一人腰をおろしていた。

今ごろ、夫は須川江利子とベッドの中だろう。愛を囁《ささや》き合い、馬鹿な女房のことを笑っているのだろうか。

邦子も、自分の奥深くで何かが燃えているのを感じたが、それが何なのか、よく分らなかった。

公園には、他に誰もいない。——当然だ。

こんな夜遅くに、しかも十一月の寒さの中、公園で寝泊まりしようという物好きはいまい。

いや、邦子だって、ここに泊まるつもりではない。ただ、一旦《いったん》座り込んでしまうと、動く気がしないのだ。

気力がない、と言うのが正しいかもしれない。

夫が帰宅して、どんな顔で、

「別れてくれ」

と切り出すのか、想像もつかない。

邦子は、力なく視線を足下へ向けていた。

すると——公園が不意に暗くなった。

停電？ 顔を上げると、そうではないと分った。目の前に「誰か」が立っていた。

「どなたですか？」

と、邦子は訊いた。

何だか妙だった。人にしてはいやに大きく、そして影に包まれているようで、真黒だった……。

すると、その「影」が言った。

「悔しいだろう」

え？——悔しいかって？

「自分の亭主にあそこまで言われてはな」

その声は耳から入るのでなく、じかに頭の中に響いて来るようだった。

「ええ。私、悔しいです」

と、邦子は答えていた。

言われて初めて気が付いた。胸の奥深く、熱く燃えていたのは、「悔しさ」だったのだ。

「怒りがこみ上げて来るだろう」

「怒り……。ええ、私、怒っています」

胸の奥の炎は一気に広がって、邦子の全身を焼き尽くすようだった。

「許せないだろう、あんな亭主と、その恋人のことを」

「――ええ、許せません。許してなるもんですか！」

「あの二人は、お前を踏みつけにしたのだ」

「そうです。ひどい奴らです」

「復讐《ふくしゅう》してやりたくないか」

「復讐……」

その言葉は、邦子の耳に甘く響いた。

何てすてきな言葉なんだろう！

「私にできるでしょうか」

と、邦子は訊いていた。

4 復讐

「まだ帰らなくていいの?」

と、須川江利子が言った。

「うん?──何か言ったか?」

ベッドで身を寄せ合っていた松永健は、目を開けた。

「眠ってたでしょ」

と、江利子は笑って、「知らないわよ、朝まで寝ちゃっても」

「それならそれでいいさ」

と、松永は伸びをして、「邦子の奴は文句なんか言わないよ。あいつにそんな度胸はない」

「そんなこと言って。分らないわよ」

「分ってるさ。何しろ長いこと一緒に暮して来たんだ」

松永は欠伸《あくび》をして、「──あれ? ケータイが鳴ってるか?」

「あ、本当だ。あなたのよ」

「誰だ？　こんな時間に……」

営業課長としては、夜中でも急な連絡が入ることもあるので、無視してはおけないのである。

ベッドを出て、松永はハンガーに掛けた上着のポケットから、鳴り続けているケータイを取り出した。

「家からだ」

「奥さん？　出なさいよ、早く」

「ああ……」

邦子が、外にいる松永のケータイへかけて来ることなど滅多にないので、やや戸惑いながら出る。「――もしもし」

「あなた？　寝てたの？」

と、邦子が言った。

「寝てるわけないだろ。取引先の社長について飲みに来てるんだ。鳴ってるのが聞こえなかったんだよ」

「あら、それにしちゃ静かかね」

「今、静かな所へ出て来てるんだ。何か用なのか？」

少し間があって、邦子の忍び笑いが聞こえて来た。松永は眉《まゆ》をひそめて、

「お前、どうしたんだ？」

「隠さなくていいわよ」

「何だって？」

「どこかのホテルで、須川江利子さんって、可愛い子と一緒なんでしょ」

さすがに松永も絶句した。邦子は続けて、

「ねえ、彼女はまだ一緒にいるの？」

「邦子、お前……」

「いいの。分ってるのよ」

と、邦子はいやに明るい口調で言った。「どうして知ったかは、訊《き》かないで。説明すると長くなるから」

「お前が知っているなら話が早い。確かに須川江利子と一緒だ」

ベッドの方で、江利子がびっくりして、

「え？」

と、声を上げた。

「今夜帰ってから、ちゃんと話すつもりだった。邦子――」

「離婚したいんでしょ？　ええ、いいわよ」

呆気《あっけ》に取られて、松永は、

「ああ……。そうなのか」

「私もね、ずっとこのところ考えてたの。あなたと別れて、新しい生活を始めようかしら、って」

「まあ、それなら――ちょうど良かったってわけだな」

「ええ。――ね、今からその可愛い彼女を連れていらっしゃいよ」

「何だって？」

「離婚の手続きだけじゃなくて、お金のこともあるでしょ。私、少しはお金もらわないと、すぐお手上げになっちゃうわ」

「それはそうだな」

金のことを持ち出されると、松永も気になる。

「ね？　いっそ今夜三人で話し合って、後で色々もめないように決めてしまいましょうよ」

「分った。じゃあ……三、四十分で帰る」

「お夜食でも用意してお待ちしてるわ。お疲れでしょ？」

と言って、邦子は笑った……。

「――驚いたな、あいつ」

松永は服を着ながら言った。

「どうして私のことが分ったのかしら」

江利子は納得できない様子で、「何だか気味が悪いわ」

「心配いらないよ。まあ、あいつにももしかすると男ができたのかもしれない」

「でも、お家ぐらいは奥さんにあげた方がいいわよ。私だって、あなたと暮すのなら、新しい場所がいい」

「そうだな。よし、それで話をつけよう」

と、松永は肯《うなず》いて、「いいタイミングだ。そうだろ？」

「そうね……」

江利子は松永に熱いキスをした……。


「――いかが？」

と、邦子が顔を上げて、夫と江利子を見る。

「おいしいわ」

江利子は笑顔になって、「お茶漬けがこんなにおいしいなんて！」

「全くだ」

松永も、たちまちお茶漬けを平らげてしまった。

「お腹が空《す》いてたのね」

「ああ。──お前、今までに、こんなもの作ってくれたことはなかったじゃないか」

「ええ。だって、いつも寝る時間も違うし」

と、邦子はお茶を飲んで、「江利子さん、この人と結婚したら、毎晩放っておかれないようにするのよ」

「どうも」

江利子も、すっかり警戒心を解いていた。

それほど邦子は、心から今の時間を楽しんでいるように見えた。いや、事実、「楽しんで」いたのだ……。

「──それで、邦子」

と、松永が言った。「金のことなんだが……」

「ちょっと待って」

邦子は席を立って、「預金通帳を持って来るわ。今、いくらあるか、確認した方がいいでしょ」

「そうだな」

邦子は江利子へ、

「お茶をいれてちょうだい」

と言って、ダイニングを出た。

寝室へ入ると、邦子は鍵《かぎ》のかかる引き出しを開け、中から通帳と印鑑を取り出した。

それからボストンバッグを出し、自分の着替えと、必要な小物を詰めた。

ダイニングの方で、何かが割れる音が聞こえると、邦子は微笑んだ。

バッグを手に、邦子は寝室の中を見回すと、

「忘れ物はないわね」

と、呟《つぶや》くように言った。

——ダイニングへ戻ると、足を止める。

松永と江利子が床に倒れて、喘《あえ》ぐように息をしている。指が空しく何かをつかもうとする。

「本当によく効く薬だわ」

と、邦子は首を振って言った。

邦子は、全身がしびれて床に倒れ、それでも必死で動こうともがいている夫と須川江利子を、のんびりと眺めていた。

「邦子……。どういうつもりだ！」

と、松永が絞り出すような声で言った。

「分ってるでしょ。ねえ、自分のせいよ。私、ちっとも良心なんか痛まない」

と、邦子は微笑んだ。

「こんなことをして……ただですむと思っているのか！」

「せいぜい悪態をついてちょうだい。その内、薬が効いて、口も回らなくなるんですって」

「邦子……。どうしてだ？　お前に、こんなことができるわけは……」

「ええ、私一人じゃできなかった。『ある方』の力でね。——その方が、勇気を与えてくれたの」

「頼む……。こんなこと、やめてくれ。俺が何をしたって言うんだ？」

松永の額には汗が浮かんで、手足は細かく震えていた。

「そうね。今までも何度か浮気はしてたものね、あなた。でも、一つだけ、許せないことを言ったのよ」

「邦子……」

「あなたは言ったわね、そこの彼女に。私が子供のできない体だって。子供が欲しい、って。——江利子さんも聞いておいて。私たち、結婚してすぐに子供ができたの。でも、この人はね、ギャンブルで借金をこしらえて、今は子供どころじゃない、と怒ってね。私が泣いて頼んでも、聞いてくれなかった。私は泣く泣く中絶したわ」

邦子の目に暗い光が浮かんでいた。「そのせいで、私は子供のできない体になった。それをあなたは……」

「分った！——悪かった。許してくれ」

松永は必死で邦子の足下へ這《は》い寄ろうとした。

「言ってしまった言葉は、もう取り消せないわよ」

邦子は立ち上がると、バッグを手にして、「二人で仲良く『旅に出る』といいわ」

「奥さん……」

江利子がかすれた声で、「助けて……。ご主人とは……別れますから……」

「あなたも運が悪かったわね。こんな男と知り合ったばっかりに」

と言って、邦子はちょっと笑った。「私もね、自分にこんなことができるなんて思ってもみなかった。でも、勇気をいただいたの。ほんのちょっとしたものと交換でね」

邦子は台所の引き出しを開けると、喫茶店でもらった紙マッチを取り出し、一本ちぎって点火した。

「じゃ、あなた、さよなら」

邦子は、そのマッチの火を新聞紙へ移し、燃え上がった新聞を、カーテンの下へ持って行った。

白い煙と炎が上がる。

「邦子！　やめてくれ！」

松永の叫び声を後に、邦子は玄関へと出て行った。

表に出て、邦子はしばらく我が家を眺めていた。

やがて煙が流れ出し、そして突然炎が窓ガラスを破って噴き出した。

隣の家に明りが点《つ》いた。異変に気付いたのだろう。

「行くか」

と、声がした。

振り向くと、あの「影」が立っている。

「はい」

邦子は肯《うなず》いた。そのとき、家の中から悲鳴が聞こえて来た。

「満足か」

「ええ、満足です」

「約束を果たしてもらうぞ」

「はい、分っています」

ライトの消えたワゴン車が停っていた。

促されるままに、邦子はワゴン車へと乗り込んだ。

家が燃え上がり、近所の人たちは寝衣《ねまき》姿で飛び出して来た。

誰も、走り去るワゴン車のことなど気付かなかった。

やっと消防車が駆けつけて来たときには、家はほとんど焼け落ちていた……。

「怖いわねえ」

と、青木爽子はＴＶのニュースを見ながら、顔をしかめた。

「あの事件？」

と、ご飯を食べながら、娘の美樹が顔を上げる。「夫と愛人を、家に火をつけて焼き殺しちゃったって」

「そう。何も殺さなくても」

と、爽子はため息をつく。「そりゃあ、腹が立つでしょうけど」

「お母さん、どうする？　もし、お父さんが浮気したら」

「変なこと言わないで。お父さんはそんなことしないわよ」

「分んないよ、男だもん」

中学一年生は、もう子供ではないのである。

「マリちゃん、おかわりは？」

「あ、いえ——もうお腹一杯です」

と、マリは言った。「凄《すご》くおいしかったです、この春巻」

「ありがとう。うちの旦那《だんな》も娘も、そんなこと言ってくれないわ。マリちゃんは優しいわね」

「でも、ちゃんと食べてるもん」

と、美樹は言った。

「——今のニュースの奥さん、まだ見付かってないんですね」

と、マリは言った。

「そうね。どこへ行ったのかしら」

と、爽子はTVの方へ目をやって、「とてもおとなしそうな人だったって」

「そういう女の方が怖いんだよ」

と、美樹が言った。

「おい」

と、ポチがマリの足を鼻先でつついて、「俺におかわりもらってくれ」

「食べ過ぎよ！　少しは遠慮しな」

美樹が、

「何か吠《ほ》えてるじゃない。まだお腹空《す》いてんじゃない？」

と、声をかけた。

「よく分ってるじゃねえか」

と、ポチがもう一声吠えた。

「あんまり食べさせると太るから」

と、マリはポチをけとばした。

「いてえな。動物虐待だ」

——マリとポチは、居心地がいいので、この青木家に世話になっている。

マリとしては、車にはねられたふりをしてこの家へ転り込んだので、少々気は咎《とが》めていた。

「——お父さんかな。玄関で音がしたよ」

「そう？　あなた？」

と、立って行った爽子が、「どうしたの、あなた！」

と、驚いて声を上げるのが聞こえて来た。

美樹も食事の手を止めて、

「どうしたんだろ」

と、椅子をガタガタと動かして立ち上がった。

マリはポチと顔を見合せて、

「何ごとかね」

と言った。

「見に行こうぜ」

ポチも物見高い方である。

マリはここのご主人の身に何かあったのかと気になって立ち上がった。

玄関の方へ出てみると、青木昭吉《しようきち》が、

「何でもない！　大騒ぎするな！」

と、コートを脱いで妻の爽子へ渡し、妙に苛々《いらいら》しながら二階へ上がって行ってしまった。

しかし、マリもポチもちゃんと見ていた。

チラッとでも青木の顔を見れば、気付かないはずがない。その左右の頰にくっきりと残る、いく筋もの傷に……。

母と娘も、しばらく無言のまま立っていた。

「お母さん……」

と、美樹が口を開くと、

「さあ、ちゃんとご飯食べましょ」

と、爽子はダイニングへ戻って行く。

「でも、お母さん」

と、美樹は母について来て、「あの傷、どう見ても引っかかれた傷だよ」

「そうね。でも、もう血も出てないみたいだし、大丈夫じゃないの？」

「そういうことじゃなくて……」

「美樹」

と、爽子は娘を真直ぐに見て言った。「お父さんが下りて来ても、傷のことを一切言っちゃだめよ」

「お母さん……」

「ちゃんと、お母さんが訊《き》くから。どうしてけがしたのか。だから、美樹は黙ってて。いいわね」

爽子の口調は、いつになく厳しい。美樹は当惑しながら、

「分った」

と、肯いた。

「マリちゃんもね」

と、爽子が付け加えた。

「はい、分りました」

マリが口を出すことではない。

でも、美樹が心配しているわけは、マリにも良く分った。

あの引っかき傷は、猫でなければ、女性の爪でできたものだろう。しかも、左右にいく筋もあるのは、かなりの勢いで引っかかれたということだ。

なぜそんなことになったのか？

美樹が不安になるのは当然と言えた。

やがて、青木昭吉が着替えて現われると、食卓に向った。

そして、黙って食事を始めたのである。いつもなら、必ず娘に話しかけたりして、明るくおしゃべりしながら食事するのに……。

青木は、黙々と食事しながら、妻や娘と目を合せようとしなかった。いつになく険しい顔で、眉間《みけん》にたてじわを作ったままだ。

何かあったのだろうということは、誰が見ても明らかだった。

結局、その夜、青木が口にしたのは、

「ごちそうさま」

のひと言だけだった……。


「おはようございます」

翌朝、マリが下りて来ると、ダイニングには爽子が一人、ポツンと座っていた。

「あら、起きたの？　目玉焼きでいいかしら」

と、無理に笑顔を作る。

「あ……。トーストがあれば」

「いいのよ、遠慮しなくて。ポチもお腹空いてるでしょ」

「手間かけるね」

と、ポチは吠えた……。

「――昨日の傷のこと、何か分りました？」

と、マリは恐る恐る訊いた。

「訊いてみたけど、何も言わないの。今朝もひと言も口きかないで出かけて行ったわ」

と、爽子はため息をついた。

「そうですか……」

フライパンに卵が落ちる、ジュッという音がした。

「――あの、私、行ってみましょうか」

マリの言葉に、爽子が振り向いて、

「どこへ？」

「ご主人の勤め先です。会社でも、あの傷、目立ちますよ。会社の人がお昼休みに何か話さないか、聞いてみようかと思って。――余計なことですけど」

いらない口出し、と叱られるかと思ったが、爽子は少し間を置いて、

「そうしてくれる？」

と言った。「きっと自分じゃ言いにくいことなのよね。あなたが何か聞いて来てくれたら……」

「分りました」

マリは微笑んで、「じゃ、食べたら出かけます。ポチも少し運動させた方がいいと思うんで」

「俺も行くのか？」

と、ポチが面倒くさそうに言った。

「じゃ、お願いするわ」

と、爽子は目玉焼きを皿に載せて出した。

「美樹はクラブで、今朝早かったんだけど、やっぱりとても気にしててね」

「当然ですよね。きっと大したことじゃないんですよ」

と、マリは明るく言って、「いただきます！」

と、はしを取った。

お昼の十二時少し前に、マリとポチはオフィス街を歩いていた。

「このビルだ」

と、マリは足を止めた。

「大分ボロだな」

と、ポチがビルを見上げる。

確かに、周囲が真新しいビルなので、ひときわ古ぼけて見える。

いくつも会社の入ったビルで、マリは案内板を見て、

「あった！〈M商事〉。——一応、このビルの四階と五階を使ってる」

爽子から、ビルの真向いにある喫茶店が、ランチが安くて、会社の女性社員たちに人気があると聞いて来た。

「じゃ、入ってみよう。あんた、どうする？」

「俺はその辺をフラついてるよ。店の前で待ってんじゃ、寒くて仕方ねえ」

「じゃ、何か食べるもの、持って来るから」

「それぐらい当り前だ」

と、ポチは鼻を鳴らした。

マリは喫茶店に入り、隅の方に座った。五分ほどで十二時だ。

爽子からちゃんと「ランチ代」をもらって来ている。

自分のランチと、ポチ用にサンドイッチを頼むと、待つほどもなく、事務服の女性たちが次々に入って来た。

たちまち、店の中が一杯になる。

マリは、あちこちのテーブルでの会話に耳を澄ませた。

いかに天使といっても、マリはあくまでも普通の女の子。

あちこちのおしゃべりを、同時に聞いて聞き分けるという才能はない。

それでも、何とか「青木」という名前が聞こえないかと、必死で耳に神経を集中させている……。

「だってさ、そのためにバイトを雇ってるわけじゃない」

「旅行も暮れは混むのよ。もっと早い内から――」

「クリスマスはまた一人？」

「プレゼント、たまにはもらう方になりたいわね……」

あちこちから飛び込んで来る言葉の切れ端。

しかし、それほどは待たなかった。

ちょうどマリのすぐ隣の席についたＯＬの四人組が、オーダーが終ったとたん、

「青木さん、どうなると思う？」

という話になったのである。

「辞めるんじゃないの」

と聞いて、マリはドキッとする。

「でも、本当かしら」

と、一人が首をかしげて、「青木さんがそんなことするかなあ」

「やるわよ、男だもん！」

「そうかしら」

「見なさいよ、あの引っかき傷！　何もなくて、あんなに爪を立てる女なんていないって」

「まあね。——それに、エリ子は警察に届けるとか言ってるんでしょ？」

「そうなの？」

「あんだけ引っかいてやりゃ、充分って気もするけどね」

——話を聞いていると、青木が「エリ子」という女性社員に「何か」しようとして、抵抗したエリ子が引っかいた、ということらしい。

その四人の話を聞いていて、マリは、しゃべっているのが三人だけで、一人はほとんど口をきかないことに気付いた。

他の三人の話に、あまり関心がない風にしている。

その内、サンドイッチやパスタが来て、四人は食べ始めた。

マリはもうランチを食べ終ていたが、まだ何か聞けるかもしれない、と粘っていた。

しかし、食べながら、彼女たちの話はもうボーナスや旅行のことに移っていった。

ところが、

「ね、聞いた？」

と、声をかけて来たのは、十五分ほど遅れて店に入って来た別の一人で、「青木さんクビだって」

「え？」

と、ハッとした様子で声を上げたのは、一人だけ話に加わっていなかった女性だった。

「本当に？」

「うん。もう机の上片付けて、帰り仕度してる。昼休みの間に消えろ、ってことだったみたい」

「ずいぶん素早いね」

「部長がじかに青木さんを呼んで、話をしたみたいよ」

「やっぱり本当だったんだ。セクハラ」

「矢代《やしろ》さんが警察へ届けるって言うのを、部長がなんとかなだめたんだって」

「へえ……」

後から「最新情報」をもたらした一人は他のテーブルへ行き、

「会社も、そんなことでマスコミに出たりするとイメージダウンだからね」

「出る？　うちみたいな小さな会社」

「でも、一応テレビでCMとかやってるしさあ」

「深夜だけでしょ。ダサいの」

三人が笑った。

あの一人は、黙々とサンドイッチを食べていた……。

「すみません」

マリは二度呼びかけた。「すみません、ちょっと……」

少し行って足を止め、

「私?」

と、その女性は振り向いた。

「あの——ちょっとお話を伺いたいんですけど」

と、マリは言った。

喫茶店を出たところで、四人の内、彼女一人が、「用がある」と言って別れた。

マリは急いで彼女の後を追ったのである。

「何かしら?」

「今、喫茶店で青木さんのこと、話してましたよね」

「え?」

「あなただけ、青木さんを悪く言ってなかった。お願いです。話を聞かせて下さい」

「今さら……。もうクビになったんだから、どうしようもないじゃない」

と、肩をすくめる。

「でも、本当はどうだったんですか?　青木さんの奥さんや娘さんにとっては、とても重要なことです」

マリの言葉に、相手はハッとしたようで、

「分ったわ」

と肯いた。「でも、あんまり時間がないわ。歩きながら……」

「ええ」

「あなたは？」

「マリっていいます。今、青木さんのお宅にご厄介になってる者で」

「私、安原恵《やすはらめぐみ》。青木さんの下で経理課にいるの。でも、もう青木さん、いないんだ」
二十七、八か。地味な印象だが、しっかり者という感じだ。
「何があったんですか？」

と、マリは訊《き》いた。

「矢代エリ子って、私の一年後輩の子がいてね、課は別なんだけど。地下に借りてる倉庫の整理をしてたの。そして、経理の段ボールを見てくれって言って来て、青木さんが、『僕が見なきゃ分らないな』と言って、矢代さんと二人で倉庫に行ったのよ」

「じゃ、そこで？」

「何があったか、分らない」

と、安原恵は首を振って、「しばらく戻って来ないと思ってたら、青木さんが顔の傷から血を流しながら戻ってきたの」

「青木さん、何か言いました？」

「いいえ。洗面所で傷を洗うと、そのまま黙って仕事してた……」

「じゃ、何があったのか――」

「矢代さんが姿を見せなくなってね。半日ほどして、噂が社内を駆け巡ったわ」

マリは足を止めて、

「ありがとうございました」

と、頭を下げた。

「青木さんを励ましてあげてね」

と、安原恵は言った。

「はい」

マリは、安原恵がビルに入って行くのを見送った。

――大変だ。しかもクビ？

マリはポチの姿を捜して、周囲を見回した。

5　追放されて

安原恵がエレベーターの前に立つと、ちょうど扉が開いた。

「あ……」

と、安原恵は立ちすくんだ。

扉が開いて、降りて来たのは、他ならぬ青木だったのである。

「青木さん」

「ああ」

声をかけられて、初めて青木は安原恵に気付いた。「安原君か」

「あの……」

青木が両手にさげている手さげ袋に目をやると、恵は何とも言えなくなってしまった。

「聞いたか」

「ええ」

「早いなあ、そういう話は」

と、青木は苦笑した。「部長からは、話が広まる前にいなくなってくれと言われたんだがね」

「残念です」

と、恵は言った。

それ以上は、胸が詰って言えない。

「ありがとう。君だけかな、そう言ってくれるのは」

青木は、ちょっと微笑んで見せて、「じゃ、君も元気で」

と言うと、ビルを出ようと歩き出した。

その後ろ姿を見た恵は、たまらなくなって、

「青木さん！」

と、呼びかけていた。「待って！」

恵が駆け寄ると、青木はびっくりして、

「どうしたんだ？」

「せめて、近くでお茶でも。ね、お願い」

青木を引張るようにして、恵は一緒にビルを出た。

「安原君、もう午後の仕事が始まるよ」

「いいんです。お昼休みに車にはねられたとでも思えば」

「車に？」

「例えば、です」

青木は笑い出して、

「よし。それじゃ、午前中の僕に頼まれて外出したということにしよう」

「はい！」

恵はしっかり肯《うなず》いた。

社へ戻る女性社員が、「あれ？」という顔で二人を見たが、恵は一向に気にしなかった
……。


お昼休みのＯＬたちのおしゃべりが、まだその辺に漂っているかのような喫茶店。

今はガランと空《す》いてしまっている。

「――まだ痛みます？」

と、恵はオーダーを済ませてから、訊いた。

「ああ。出血はしていないが、触ると痛い」

と、青木は肯いた。

「青木さん。――何があったんですか。教えて下さい」

恵の問いに、青木は少しの間目を伏せて答えなかった。

「私、青木さんを信じてます。青木さんが、噂になってるようなことをする人じゃないと

思ってます」

恵の言葉は、青木の心を打ったようだ。

「ありがとう！　嬉《うれ》しいよ」

と、涙ぐみさえしている。

「何があったのか、話して下さい」

恵が身を乗り出す。

「ああ……。しかしね、話そうにも、何がなんだか……」

青木は当惑の表情で、「君も矢代君が来て、倉庫の片付けを、と言ったのは、聞いてたね」

「ええ」

「僕は矢代君と一緒に倉庫へ行った。そして、経理関係の資料の入った段ボールを片付けていたんだ」

「エリ子さんは？」

「別々に働いてた。何しろ、埃《ほこり》っぽいし、薄暗いしね。――その内、ちょっと一息つきたくなって、倉庫の入口の所へ出た。少しスペースがあるだろ？」

「ええ」

「そこで汗をハンカチで拭《ふ》いてると、矢代君が奥から出て来て、『大変ですね』って言ったんだ。そして、『お茶、一口いかがですか？』って」

青木は、ちょっと話を切って、「――彼女がペットボトルを手にやって来た。僕は『ありがとう』と言って、手を出した……」

「それで？」

「分らない」

と、青木は首を振った。「一体何がどうなったのか……。突然、矢代君がペットボトルのお茶を僕の顔に向ってかけたんだ。お茶が目に入って、僕は『何をするんだ！』って怒鳴った。すると、矢代君が両手の爪で僕の顔を引っかいたんだよ。――彼女の爪は尖《とが》ってて、凄《すご》く痛かった」

「ひどいですね」

「ともかく、彼女を突き放して、倉庫から逃げ出すので精一杯さ」

「エリ子さんは？」

「よく分らないが、僕が倉庫へ戻ったときには、もう姿が見えなかった。僕は、ともかく傷から血が出ているんで、一旦《いったん》席へ戻ることにした」

「ひどい傷でしたね」

「しかし、そのことが周囲にどう受け取られるか、あのときは全く考えなかった」

青木は首を振って、「ともかく痛くて、それどころじゃなかったんだ」

「エリ子さんにわけを訊《き》いたんですか?」

「いや……。電話したり、席にも行ってみたが、矢代君は早退してしまっていた」

青木はコーヒーをゆっくり飲むと、「安原君、信じてくれるかい?」

「ええ」

「そうか。しかし、君以外の人は、みんな僕が倉庫で矢代君を襲おうとして引っかかれたと思ってる」

「エリ子さん自身もそう言ってるんですよね」

「どうしてだか分らないがね」

「変な話ですね」

「どう考えても、僕は誤解されるような行動は取ってない。だが、彼女は警察へ行くとまで……」

「それで、八田《はった》部長は何と?」

「うん……。ともかく、矢代君の話を信じていてね、僕がどう言っても、全く聞いてもらえないんだ」

八田は、青木たちの上司だが、まだ四十歳の若さ。

「それで、辞めろと?」

「セクハラだと言われて、警察沙汰《ざた》にしたくなければ、今すぐ辞めろと……」

「訴えさせて、本当のことを言えば良かったのに」

「信じてもらえるかい？　八田部長は、今すぐ辞めれば退職金を出してやる、と言った」

「でも、お互いの言い分も聞かないで」

「文句を言ってどうなる？　いずれクビだ。少しでも金が出た方がいいしね」

「でもそれじゃ、セクハラを認めたことになりますよ！」

と、つい恵は大声を出していた。

安原恵は、あわてて店の中を見回して、

「すみません。つい、大声を出して……」

と、青木に詫《わ》びた。

「いや、いいんだ」

青木は首を振って、「嬉しいよ。君が僕のために怒ってくれる。——いや、本当なら不当なセクハラ疑惑と戦うべきだろうね」

「青木さん……」

「しかし、もう僕にはそんな元気がない。この年齢《とし》で、次の仕事を見付けるのも大変だろう。弁護士を頼んだりして、矢代君とやり合うだけのエネルギーはないよ」

恵は、青木の弱々しい笑顔を見て、胸がしめつけられる思いを味わった。

何かしら、これ？　こんな気持、初めてだわ……。

恵は、青木のために何かしてあげたい、という思いがこみ上げてくるのを、抑えられなかった。

でも——どうして私が？

私は青木さんの妻でも家族でもない。恋人でもない。友だちですらない。

それなのに……。

恵は、青木がテーブルに置いた手を突然ギュッとつかんだ。

「安原君……」

青木がびっくりして恵を見る。

「ごめんなさい」

恵は手を引っ込めた。「私、つい……」

「いや、嬉しかったよ。ありがとう」

と、青木は頭を下げた。「僕のことを励ましてくれるんだね」

「青木さん……」

恵は、はっきりと悟った。——私は、この人に恋してるんだ。

「しかし、君、もう仕事に戻った方がいいんじゃないか？　叱られるよ」

「大丈夫です。ちょっと貧血起こして、とでも言えば。一回ぐらい文句言われたって、クビにはなりませんよ」

青木は面食らったように、

「君がそんなに思い切ったことを言うなんてね。知らなかった。びっくりしたよ」

「青木さんのためです」

「ありがとう。しかし――」

「私は私なりに、力になりたいんです。自由にさせて下さい」

「君、何をする気だ？」

「ご心配なく」

と、恵は微笑んだ。「私だって、無茶なことはしませんわ」

しかし、恵は内心、決意を固めていた。

青木の汚名をそそいでやろう。――どんなことをしてでも。


一方、マリを待つので、近くの公園にやって来たポチは、日当りのいいベンチの上で、寝そべっていた。

「全く、物好きだぜ、天使って奴は……」

まあ、それが「商売」なんだから、仕方ないけどな……。

幸い風が止んで、日なたはポカポカとあったかい。

ポチはいい気分でウトウトしていた。

すると、誰かの影がポチを包んだ。

「おい、日が当らないじゃねえか。どいてくれよ」

と、目を開けると――。

「呑気《のんき》なもんだな」

と、その「影」が言った。

「兄貴！」

ポチはあわてて飛び起きた。「すんません！　気付きませんで！」

地獄での「兄貴分」である。

「何してるんだ？　お前は地獄から叩《たた》き出されてる身だぞ。天使なんかと仲良くしやがって」

「いえ、決して……」

「どうせなら、天使を襲って、ものにしてみろ。ちょっとは見直してもらえるぜ」

「へえ……。それは……」

「まあいい」

と、「兄貴」は笑って、「天使はお前にゃ油断してる。その方がこっちもやりやすいってもんだ」

「兄貴……。何か計画が？」

「当り前だ。気が付かねえのか」

「いえ……。もしかして、とは思ってました。お願いです！　ぜひお手伝いさせて下さい」

「ああ、分ってる。だからこうしてやって来たんだ」

「ありがとうございます！」

と、ポチは尻尾《しっぽ》を振った。

「うまくやれば、あのマリって天使を道連れに、地獄へ戻れるぞ」

「といいますと？」

「よく聞け」

ポチはピンと耳を立てて、「兄貴」の話に聞き入った……。

「部長、会議が……」

と、声をかけられ、

「ああ、すぐ行く」

と、八田は肯いた。

秘書が行ってしまうのを待って、八田はケータイを手に取った。

「──ああ、すまん。今ちょっと秘書が来てね」

「大丈夫ですか？」

「心配ない」

「私、あと二、三日お休みしてもいいですよね」

と、その女が言った。「何しろ、男に襲われかけたんですもの」

「ああ。しかし、あんまりこの辺で遊んでると、見られるぞ」

「気を付けてます。でもいっそ、東京を離れて、温泉にでも行こうかしら」

「それはいい考えだ」

「費用、出してくれる？」

「会社からは出さないぞ」

と、八田は顔をしかめた。「ちゃんと金はやってあるだろう」

「あら、それは別よ。部長、ポケットマネーで出して下さいよ」

「俺が？」

「そんなことでケチると、大物になれませんよ」

八田は苦笑して、

「分ったよ。後で払うから、ともかく差し当りは自分で出しとけ」

「はいはい。あ、それと昨日、フランス料理の〈J〉で食事したの、部長につけときましたから、よろしく」

「おい、エリ子――」

と、つい名を呼んで、あわてて左右へ目をやり、「俺とのつながりが表に出るとまずいぞ」

「平気。私、部長の妹ってことにしといたから」

矢代エリ子は平然と言った。

「全く……。お前にゃかなわん」

「私、大仕事をやりとげたんですよ。ちゃんと報酬をいただかないと」

「分ってるとも。温泉から帰ったら、一度ゆっくり会おう」

と、八田は言った。

八田は、少し急いで会議室へ向った。

もちろん、部長である八田が行かなければ会議は始まらないのだが、その点、八田はせっかちである。

会議室へ入って行くと、ピタリと話が止まる。――きっと、青木の一件を話していたのだろう。

「さあ、始めよう」

と、八田は席につくと言った。

「――部長」

と、一人がためらいがちに口を開いた。

「何だ？」

「あの……青木さんがクビになった、というのは本当ですか」

「今はそういう話を――」

と言いかけて、「まあいいだろう。本当だ。ただし、本人の希望で退職したんだ。そこは間違えないでくれ」

「本当なんですか、青木さんが矢代君を……」

「矢代君の訴えを、初めは否定していたが、認めて自主退職すれば退職金を出す、と言ったら、結局認めたよ」

「青木さんが……」

「信じられないね」

と、二、三人が言い合っている。

八田は少し苛立《いらだ》っていた。青木が、これほどみんなから気にかけられているとは、思っていなかったのである。

「ともかく、もう片付いたことだ」

と、八田は言って、「会議を始める」

と、ファイルを開いた。

会議が始まると、少しして八田の上着のポケットでケータイが鳴った。メールの着信音である。

企画案の説明をする部下の話にぼんやり耳を傾けながら、八田はそっとケータイを取り出してメールを見た。

矢代エリ子からだ。

〈さっきはどうも。

私、思ったんだけど、一人で温泉に行っても面白くないし、明日《あした》一晩、あなたも出張しない？　近くなら、あさって会社へ直接行けばいいし。

一晩くらい、大丈夫でしょ？　ね、待ってるから返事して。　　　エリ子　〉

全く……。

そう簡単に出張なんて……。

しかし、八田はエリ子の若々しく白い肌の手触りを思い出すと、落ち着かなくなって来た。

一晩くらい、か。

そうだ。俺は部長なんだ。業者の接待で温泉に行くぐらいのこと……。

むろん、それは妻向けの口実。会社には、〈打合せ〉という便利な名目で、旅費を出させる。

それくらいの息抜きはあってもいいだろう。

矢代エリ子のご機嫌をそこねて、下手に誰かにしゃべられても困る。

そうだ。——明日は午後から外出して、帰らないことにしてある。そのまま矢代エリ子と出かけよう。

八田は、机の下でケータイを開いて、メールの返事を打った。

〈分った。行くよ〉

「——以上です」

説明が終った。

八田はメールを送信すると、

「おい、今の説明はさっぱり分らないぞ」

と、顔をしかめて、「そんなんで、先方が納得すると思うのか」

「すみません」

「聞く方の身になるんだ。それがコツだ。いいか。——もう一度やってみろ」

「はい」

汗を拭《ふ》いている部下を眺めて、八田はそっと笑みを洩《も》らした……。

「ポチ、ここにいたの」

と、マリは公園の中へ入って、「行こう。もう青木さんも帰ったみたい」

「何か分ったのか？」

「うん……。妙なんだよね」

マリが、ＯＬたちと安原恵から聞いたことを話すと、

「へえ。あの親父がね。なかなかやるじゃねえか」

「何言ってるの。青木さんがそんなことするなんて、とても思えない」

「男は男さ」

と、ポチは欠伸《あくび》して、「じゃ、クビか。俺たちもそういつまでもいられないな」

「でも、何だか変よ。私、青木さんの役に立ちたい」

「また余計なことに首を突っ込む気か？　知らねえぞ、まずいことになっても」

「ともかく帰ろう。奥さんに話をしなきゃいけないし」

マリはポチを促して、吹きつけて来た風に首をすぼめた。


「会社の女の子を襲った？　あの人が……」

青木爽子は、マリの話に青ざめた。

「でも、それは矢代エリ子っていう女子社員が言ってるだけですから」

と、マリは言った。「青木さんは否定しているんです」

「でも、会社を辞めさせられたのね」

「そうらしいです。でも……帰ってないんですね」

「帰りにくいんでしょ」

爽子はため息をついて、「今、そんな理由で会社をクビになって……。これからどうすればいいのかしら」

「でも、奥さん」

と、マリは言った。「青木さんを信じてあげて下さい。奥さんや美樹さんに信じてもらえなかったら、青木さん、可哀そうですよ」

爽子は微笑んで、

「本当にそうね。──ありがとう、マリちゃん。あなたは優しいわね」

「いいえ。でも──本当に信じられないんです。そんなことする人じゃないですよ」

「私もそう思うわ。何しろおとなしい人ですものね」

「矢代エリ子って人のこと、知ってますか？」

「いいえ。主人の口からも聞いたことないわ」

「私──調べてみようかと思います」

「調べる、って？」

「濡《ぬ》れ衣《ぎぬ》なら、何か理由があると思うんですよね。どうして、矢代エリ子って人が、そんな嘘をついたのか」

「そこまであなたに……」

「お世話になったので、ほんのお礼です」

「ありがとう。――マリちゃんはふしぎな子ね。家出少女には見えないわ」

「研修中ですから」

「研修？」

「あ、いえ――何ごとも人生勉強です」

と、マリは笑ってごまかした。

「そうだわ。でも……」

と、爽子は不安げに、「美樹にどう話せばいいかしら。あの子が、主人の話を信じてくれるといいけど」

「大丈夫ですよ、きっと」

と、マリは励ますように言った。


いつも、その日最後の授業の前の休み時間は、教室の中が異様なくらい静かになる。

中学生となれば、みんな自分のケータイを持っている。一応「学校にいる間は電源を切る」ことになっているのだが、お昼休みや休憩時間は先生もやかましく言わない。

だから、最後の休み時間、みんな今日の帰りの約束や待ち合せのメールをやり取りしたり、チェックしたりするので、誰もおしゃべりしないのである。

——青木美樹は、他の子ほどケータイを使っていないが、何しろ話し相手もいないので、一応自分のケータイを出して、電源を入れてみる。

どうせ、何も入っていないんだ。——あれ？

〈着信アリ〉のマークが出ている。それも三回もかかっている。

誰だろう？

「——お父さんから？」

父のケータイからかかっている。三回、五分おきぐらいにかけて来ていた。

父がケータイへかけて来たことなど一度もなかったのに。

ちょっと心配になって、美樹はチラッと周囲を見回したが、席を立って、小走りに教室を出た。

廊下では何人かの子がケータイで話している。美樹は少し離れた所へ行って、父のケータイへかけてみた。

「——美樹か」

「お父さん。私のケータイにかけた？」

「うん。授業中だったろ。悪かったな」

「電源切ってあったから大丈夫だよ。どうしたの？」

「今は……」

「今、休み時間。あと五分くらいしかないけど」

「そうか」

「今、会社じゃないの？」

父の声の他に、何かザワついた騒音と、音楽らしいものも聞こえていた。

「外にいるんだ」

「そう。――それで？」

少し間があって、

「美樹。実はちょっとわけがあってな……」

と、青木昭吉は言った。「少し家を留守にすることになりそうなんだ」

「留守って……。旅行に行くの？」

「まあ、そんなところだ。お母さんを頼む」

「お父さん。待ってよ！　どういうこと？」

「すまん。詳しいことはまた手紙でも書くから……」

と、青木は口ごもって、「元気でな、美樹！」

と言うなり、切ってしまう。

「お父さん――」

美樹は急いでかけ直したが、父はもう電源を切ってしまっているようだった。

「少し家を留守にする」「元気でな、美樹」「お母さんを頼む」……。

あの言い方って――。

「家出？」

美樹は青くなった。「冗談じゃない！　私だって家出したことないのに。子供より先に親が家出してどうするのよ！」

自分でも、何を言っているのかよく分らなかった。ともかく焦っていたことは確かである。

あわてて自宅へかけたが、話し中になっていた。そしてチャイムが鳴り、授業が始まる。

仕方ない。

美樹は、気にしながらも、急いで教室の中へ戻った。

――こういうときに限って、授業が延びたりする。

五分以上延びると、教室の中がざわつき始める。

廊下側の窓の外を、他のクラスの子が通って行く。美樹は仲のいい品川真子《しながわまさこ》の顔が窓から覗《のぞ》いているのに気付いて、ちょっと手を振った。

しかし、品川真子の表情はどこかいつもと違っていた。美樹に何か言いたいことがあるという様子だ。

　そして、美樹は妙なことに気付いた。

　他のクラスの、何人もの子が、窓から中を覗き込んで、そしてその目はみんな美樹の方を向いていたのである。──何があったんだろう？

「じゃ、今日はここまで」

と、先生が言い終らない内に、もうみんなが立ち上がっていた。

　品川真子が駆け込んで来た。

「美樹！」

「どうしたの、真子？」

「来て」

「どこへ？」

「いいから、来て！」

　真子に手をつかまれ、

「危いよ、真子！　転んじゃうじゃない」

　どこへ行くんだろう？

　美樹は、廊下へ出ると、周囲の子たちの目が一斉に自分へ注がれるのを感じた。不安がつのる。

「──どこへ行くの？」

「掲示板」

と、真子は言った。

「掲示板？　何か貼り出されてるの？」

「いいから、見て」

校舎の出入口のスペースに、生徒への連絡用の掲示板がある。みんな、登下校時に見て行くのだが――。

いつになく、掲示板の前に生徒が集まっている。

「どいて!」

と、真子が大声で言った。

みんなが振り向くと、

「青木さんって、この子だ」

「この子のこと?」

と、口々に言った。

「何なのよ」

と、美樹は掲示板の前に立った。

そこに貼り出されていたのは――父の写真だった。両頰に引っかき傷を受けて、会社のビルを出て来るところだ。

その写真の傍に、大きな文字で説明がついていた。

〈一年生、青木美樹の父親が、同僚の女性社員を襲おうとして、引っかかれ、会社をクビになったそうです！〉

美樹の顔から血の気がひいた。

「嘘だ！」

美樹は写真を引きはがそうとしたが、

「私もはがそうとしたけど、しっかり貼ってあって、はがれないの」

と、真子が言った。

「誰がこんなもの貼ったの？」

「分らないわ。さっきの休み時間にはなかったわよ」

「ひどいよ……。でたらめだ！」

しかし——父が引っかき傷を負って帰って来たのは事実だ。そして、父が「家出」するらしいこと……。

「嘘だ……」

美樹の声は力を失っていた。

6　嘆きの家

玄関の方で音がして、青木爽子は顔を上げた。

「美樹かしら。——美樹？　帰ったの？」

と、居間を出ると、娘の美樹と危うくぶつかりそうになった。

「美樹——」

爽子は美樹が顔を歪《ゆが》め、ワッと泣き出しながら自分の部屋へと駆けて行くのを、啞然《あぜん》として見ていた。

「どうしたんですか？」

と、マリが出て来る。

「それが、急に泣き出して……」

と言ってから、爽子は玄関に立っている女の子に気付いた。「あら……」

美樹と同じ制服だ。

「あの、品川真子です」

と、その女の子が、おずおずと言った。

「ああ、そうだった。真子ちゃんね。あの子——美樹、どうしたのかしら」

「それが……」

と、真子が口ごもる。

「ともかく上がってちょうだい」

居間へ通されると、品川真子は学校の掲示板に、美樹の父親の事件が貼り出されていたことを説明した。

「心配で、ここまでついて来ちゃったんです」

と、真子は言った。

「ありがとう。わざわざごめんなさい」

「いいえ。でも、あれって本当のことなんですか？」

爽子はちょっと詰って、

「まさかとは思うけど……。会社を辞めさせられたのは本当のことなの」

「じゃあ……」

そのとき、

「やったんだよ、お父さん」

と、声がした。

美樹が、いつの間にか居間のドアの所に立っていた。

「美樹——」

「電話して来たよ、お父さん、私に」

「電話？　あなたに？」

「しばらく留守にするって。家出するんだ。何もしてなきゃ、そんなこと言うわけない」

赤く泣きはらした目で、美樹はじっと母親を見つめていた。

「私もケータイにかけてみたけど、つながらなかったの」

と、爽子は言った。「でも、美樹、お父さんはやってないと言ってるのよ」

「じゃ、どうして家出なんかするの？」

「それは分らないけど……」

「恥ずかしくって、私やお母さんに合せる顔がないんだよ」

「待って、美樹ちゃん」

と、マリが言った。「私が口出しすることじゃないかもしれないけど、聞いて。その学校の貼り紙、おかしいわ。だって、お父さんが会社を辞めたのは今日の昼よ。そのたった数時間後に、あなたの学校にそんな貼り紙をするなんて。それをやった人が誰でも、お父さんの会社と係《かかわ》りのある人だわ。それって、不自然なことよ。そう思わない？」

美樹は混乱している様子で、目を伏せた。

「そうだよ、美樹」

と、真子が言った。「これって変だ。何かあるんだよ、わけが」

「ね、お父さんを信じてあげて」

と、マリは言った。「家を留守にするのは、きっと何か事情あってのことよ」

「だったら、自分でそう言えばいいのよ！」

と、美樹は強い口調で言って、「私、明日から学校行かない！」

「美樹！」

爽子が立ち上がる。美樹は自分の部屋へと、また駆け込んでしまった。

真子が立ち上がって、

「私、もう帰らないと。ピアノのお稽古《けいこ》の日なんで」

「まあ、ごめんなさいね。本当にありがとう」

真子は玄関で靴をはくと、

「明日、私、迎えに来て一緒に学校へ行きます」

と言った。

「そうしてくれる？　嬉《うれ》しいわ、そうしてくれたら」

「はい！　じゃ、明日」

真子は明るい笑顔で言って帰って行った。

「――いいお友だちがいて、良かったですね」

と、マリは言った。

「ええ」

爽子は少しホッとした様子で、「でも、どうなってるのかしら。わけが分らない」

と、くたびれたように息をついた。

――おかしい。これって、きっと何か裏があるんだ。

マリはそう思った。


「遅くなっちゃった……」

と、エレベーターに乗って、安原恵は呟《つぶや》いた。

ほんの三十分くらいで戻れるはずのおつかいが、何と三時間もかかってしまった。

まあ、こんなことも珍しくはない。

今日は妙な日だったわ、と恵は思った。

青木がクビになり、でもそのおかげで自分の中の青木への思いに気付いた。

矢代エリ子にうまく近付いて、なぜあんな嘘をついたのか、探ってやろう、と恵は決心していた。

エレベーターの扉が開くと、恵はびっくりした。

「あ、部長」

「何だ、安原君か」

八田部長がちょうどエレベーターの前を通って行くところだったのである。

「どうしたんだ、こんな時間に」

「いえ、おつかいに行ったら、先方が約束をすっかり忘れていて。二時間も待たされました」

「それはご苦労だね」

と、八田は笑って、「まあ、よくあることさ」

「はい。部長も遅くまでお仕事ですか」

「うん。明日社長に呼ばれてるんだ」

と言って、八田は、「じゃ、お疲れさん」

と、行ってしまった。

恵は、八田の後ろ姿を見送って、

「青木さんをクビにしたわね……」

と呟いた。「許さないから」

恵は帰り仕度をした。

すっかり遅くなり、夕食もまだ。

「何か食べて帰ろう」

と、ビルを出て、さてどこへ行こうか、と迷っていると、

「安原君」

と、後ろから声がした。

八田がコートをはおりながら出て来た。

「お仕事じゃないんですか？」

「くたびれたんでね。明日早く出て来て、やることにしたよ」

八田はそう言って、「どうだ？　晩飯でも一緒に」

と、恵を誘って来たのである。


「私、がっかりしちゃった」

と、安原恵が言った。

「旨《うま》くないかい、この店？」

「あ、いえ、そうじゃなくて」

恵は、八田部長に誘われて、ちょっと洒落《しやれ》たイタリア料理の店に入っていた。正直、料理はおいしい。

「青木さんのことです」

「青木のこと？」

「あんなことする人だったなんて……。最低！」

八田は笑って、

「まあ、男はいくつになっても男さ」

と言って、「ワイン、もう少しどうだ？」

「私、あんまり強くないんです。もう、すっかり酔っちゃった……」

本当のところは、かなりアルコールには強い恵である。これくらいで酔いはしないのだが、わざと酔ったふりをして見せていた。

「大丈夫。ちゃんと帰りは送るよ」

と、八田は言って、「ワイン、同じのをもう一杯ずつ」

と、オーダーした。

「送り狼？　危い危い」

と、恵は言って笑った。「私――青木さんのこと、ひそかに想っていたのに」

「君が青木を？　それは知らなかった」

「ショックですよね！　襲うなら、矢代さんじゃなくて、私を襲えばいいのに」

「いや、係り合いにならなくて良かったよ」

「どうしてですか？」

八田は、少し迷っている様子だったが、

「まあ、二、三日の内には公になると思うから教えてあげるがね」

と、少し身をのり出して、「青木は会社の金を使い込んでた」

「ええ？――本当ですか？」

「うん。前からそういう噂はあってね。内々に調べてたんだ。そこへあの一件で……」

「信じられない！　何にお金を使ってたんですか？」

「女、ギャンブル。――まあ、たいていは決まってるさ」

「それって……。いくらぐらい？」

「さあ……。何しろ、青木は経理の専門家だからな。上手《うま》く隠してるから、全体はつかめてないが、分ってるだけで、四、五千万」

「凄《すご》い！」

「たぶん全体じゃ一億以上じゃないかな」

「一億……。想像もつかない」

と、恵は息をついて、「じゃ、青木さん、捕まるんですか？」

「うん。警察へ届けることになるだろうからね。少々の額なら、内々で処理して済ませることもできるが、こう額が大きくなると」

「へえ！　人は見かけによらないですね！　良かったわ、青木さんとデートなんかしなくて」

「そうとも。代りに僕がデートしてあげるよ」

「部長、お上手ね」

と、恵は甘えるように、舌っ足らずな声を出して、「本気にしますよ、そんなこと言うと」

「結構だね」

と、八田はニヤリと笑って、「来る者は拒まない主義だ」

「あ、悪い奴だ！」

と、恵は上目づかいに八田をにらんだ。

そこへ、八田のポケットでケータイが鳴って、

「ちょっとごめん。——ああ、もしもし」

八田は席を立って、店の外へ出ながら話している。

「呆《あき》れた」

恵は呟いた。青木が使い込み？　とんでもないでたらめだ！

——怪しい。

恵は八田の出て行った方へ目をやった。

むしろ怪しいのは八田の方だろう。派手に飲み歩いているという評判は社内にも広がっている。

今の社長のお気に入りで、飲み代も経費で会社に払わせているのだろうが、それにしても……。

八田が戻って来た。

「すまないね、安原君。ちょっと家に急いで帰らないと。急な来客でね」

「奥様の呼び出し？」

「そうじゃないよ。——ここは払っておくから、ゆっくり食べてってくれ。それと、これはタクシー代」

「そんなの悪いわ。電車で帰れますよ」

「いいさ。どうせ会社の払いだ」

と、八田は言って、恵の手に一万円札を握らせた……。

青木爽子は、しばらく言葉も出ない様子で座っていた。

「——こんな夜中に、突然お邪魔して、とんでもない話をして、申しわけありません」

と、安原恵は言った。

「いいえ！　びっくりはしましたけど、ご親切は本当に……」

「セクハラのことも、使い込みのことも、きっと濡《ぬ》れ衣《ぎぬ》です」

と、恵は言った。「私、ご主人の無実を証明します、必ず」

「ありがとうございます」

爽子は深々と頭を下げた。

「マリさんだったわね」

と、恵はマリの方を向いて、「あなたも力を貸してくれる？」

「ええ、喜んで」

と、マリは言った。「でも、安原さん」

「恵って呼んで」

「恵さん。——会社のお金を使い込んだということになると、きっと新聞やＴＶにも出ますね」

「そうね、たぶん」

「どうしよう」

と、爽子がため息をついて、「美樹がどう思うか……」

「一旦《いったん》、ご実家にでも行かれたらどうですか？」

と、恵が言った。

「そうしたいんですけど、ついこの間、実家の親が亡くなって……。帰りにくいんです」

「そうですか」

「ともかく、明日になったら、美樹に安原さんのお話を伝えます。どうしたらいいか、考えてみたいと思います」

「ええ、そうして下さい。私もご連絡します。——お邪魔して」

「いいえ、ありがとうございました」

と、爽子はもう一度礼を言って、玄関へ送りに出る。

「私、一階まで」

と、マリは恵と一緒に棟の出口まで行って、「恵さん。用心して下さいね」

と言った。

「八田という部長は抜け目のない人みたいだから。あなたも危い目にあうかも」

「まあ、心配してくれるの？　ありがとう。私は大丈夫よ」

恵は明るく言って、「さ、八田にもらったお金で、タクシー拾って帰ろう」

と、元気よく歩き出した。


「ね、今日帰りに、あそこで甘いもん、食べて帰ろう」

駅を出たところで、品川真子は言った。

「うん……」

美樹は気のない様子で答えると、「ちょっと待って」

「どうしたの？」

「ちょっとトイレ。遅刻しないよね」

「まだ大丈夫だけど」

「じゃ、ここで待ってて」

「うん。——ここにいるからね！」

真子は、駅ビルの中へ駆け込んで行く美樹へと呼びかけた。そして、ちょっと不安げに、

「美樹、しっかりして……」

と呟《つぶや》いた。

昨日の学校での貼り紙事件。美樹が学校へ行きたくないのは、真子にもよく分っていた。

無理もない。でも、ここで休んでしまったら、明日は行くのがもっと辛《つら》くなる。

真子は腕時計を見た。

まだ充分学校には間に合う時間だ。でも……。

「ついてけば良かった」

と、真子は思った。

美樹は駅ビルの化粧室で、鏡を眺めていた。

このまま真直ぐ学校へ行く度胸がなかったのだ。

真子の気持は嬉《うれ》しかったし、涙が出るほどありがたかった。

でも、教室へ入って行ったとき、みんなにどんな目で見られるか、考えると足がすくむ。

——負けちゃいけない、と頭で分っていても、体がついて行かない。

それでも、ちゃんと学校へは行くつもりだった。真子の思いを裏切れない。

ただ——ここで少し、自分を励ます時間が必要だったのだ。

「お父さん……」

本当はどうだったの？

もちろん、父のことを信じたい。美樹は父のことが大好きだった。

でも、なぜ？　どうして姿を消しているの？

それに、今朝の母の様子では、また「何か」あったらしい。

朝は時間がないので、

「帰ったら、話すから」

と言われた。

いい話でないことは察しがつく。これ以上「悪い話」を聞かされるのかと思うと、気が重かった……。

「さあ！　行かなきゃ」

と、口に出して言った。

もう行かないと遅刻だ。真子がジリジリして待っているだろう。

美樹は洗面台で思い切り顔を洗うと、タオルのハンカチで拭《ふ》いた。

そして振り向くと――目の前に誰か大きな人が立っていた。見上げるほど大きい。

え？　でも、鏡には誰も映ってなかったけど……。

暗くかげった顔が、美樹を見下ろしていた……。


真子はケータイを取り出して、美樹のケータイへかけようとした。

それとも、トイレに行ってみようか。でも、駅ビルの中にはトイレがいくつかある。入れ違っても却《かえ》って困るだろう……。

そのとき、真子のケータイにメールが来た。

「美樹？」

美樹からメールだ。急いで画面に出してみると――。

〈真子、ごめん。

やっぱり私、行けない。一人で行って。

ごめんね。　美樹　〉

「美樹！」

真子は駅ビルの中へ駆け込んだ。

マリは改札口を出て、すぐに品川真子を見付けた。

「真子ちゃん」

「あ、マリさんですね」

「爽子さんは家で美樹ちゃんの帰りを待ってるわ。連絡あるかもしれないし」

と、マリは言った。「真子ちゃん、学校へ行ったら？」

「一日ぐらい休んでも平気」

と、真子は即座に言った。「美樹の方が大切です」

しっかりした、いい子だ。――ぜひ将来は「天使」になってほしい、とマリは思った。

真子からの電話で、マリはあわてて飛んで来た。もちろん、母親の爽子も来たがったが、家にいた方がいい、とマリが説得したのだ。

「どのトイレだったか分る？」

と、マリは訊《き》いた。

「いくつかあるんですけど……。たぶん、いつも寄るのは決まってるので」

「じゃ、そこへ案内してちょうだい」

マリは、真子の案内で、駅ビルの中へ入った。

ちょうど中の商店街も開く。

「――たぶん、ここだと思います」

と、真子が足を止めた。

「ここにいて」

と、マリは真子に言って中へ入った。

——その化粧室の中へ入ったマリは、一瞬激しいめまいのようなものに襲われて、倒れそうになった。

何よ、これ？

何とか踏み止《とど》まったが、それは空気の中の目に見えない渦のようなものだった。

「これって……」

普通に手を洗って出て行く客がいる。

つまり、「人間なら感じない」何かなのだ。

マリは鏡の方へ目をやった。

美樹も、きっとこの鏡の中の自分を見つめて、迷い、戦っていただろう。

そして——どうしたのか。何が起こったのか？

マリは寒気がして身震いした。

ただごとじゃない。美樹はただ、自分でどこかへ行ってしまったんじゃない。

マリには直感的に分った。

でも、それを人間に説明しても、理解してはもらえないだろう。それにマリにも、美樹がどうしたのか、はっきり分っているわけではないのだ……。

「でも……何とかして助けなきゃ」

と、マリは呟いた。

自分にできるだろうか？

そのとき鏡の中に、何か白くフワフワしたものが見えた。それはやがて人の形になった。

「――大天使様！」

マリは飛び上がりそうになって、「良かった！　助けに来て下さったんですね！」

「これ、静かにせい」

と、大天使は顔をしかめて、「お前一人では、危っかしくて見ちゃおれんから出て来てやった」

「ありがとうございます！　ここで何があったんですか？」

と、マリは言った。

「女の子がいた」

と、大天使が言った。「お前の知っている子だな」

「今、世話になっている家の子です」

「そうか」

「美樹ちゃん、どうしたんですか？」

「連れ去られた」

マリは青ざめた。直感が当っていたのか。

「誰が連れ去ったんですか？」

「お前にも分っておろう。ここにはまだその痕跡《こんせき》が残っている」

「じゃ、やっぱり……。悪魔に？」

「そうだ」

「どうして助けてくれなかったんですか？　美樹ちゃんが地獄に連れて行かれるのを、黙って見てたんですか？　薄情者！」

と、マリはついかみついた。

「これ。そういう言い方があるか」

大天使ににらまれて、マリは、

「すみません」

と謝った。「でも……」

「美樹という子は、まだ地獄に連れて行かれてはおらん。この世にいる」

「え？」

「だから、我々にも見付け出せんのだ。この下界で起こっている限り、天上の者は手出しができぬ」

「はい……」

「だから、お前が何とかして助け出すのだ。その子が本当に地獄へ連れ去られる前に」

「私にできるでしょうか」

「それは分らん。しかし、やってみるのだ。お前は、そのために研修に来ておるのだぞ」

そう言われると、マリは一言《いちごん》もない。

「美樹という子が、悪魔に連れて行かれたのは、心の中に弱さを抱えていたからだ。それを悪魔につけ込まれたのだ」

と、大天使は言った。

「今、とても辛《つら》いんです、あの子。父親のことが信じられなくて――」

「そこだ」

と、大天使が肯《うなず》いて、「父親を心から信じられたら、あの子は悪魔の思いのままにはならない」

「分りました」

マリも、体内に熱い思いがたぎって来た。「きっとあの子を救い出します」

「その意気だ」

「でも――どこにいるか、手掛りだけでもいただけません?」

「甘えるな」

「すみません……」

「では、もう行くぞ。私は忙しいのだ」

「はい。あの……」

マリはおずおずと、「ありがとうございました。精一杯やります。お守り下さい」

「うむ」

大天使はマリの方へ背を向けて、消えて行こうとしたが、ふと振り返って、

「お前の思っている通りだ」

と言った。

「え？　何のことですか？――大天使様！」

しかし、大天使はそれ以上何も言わずに消えてしまった。

――マリが化粧室から出ると、品川真子が心配そうに待っている。

「何か分りました？」

マリも困っていた。

一体どう言ったものだろう？　ただ「誘拐された」と言えば、ごく普通の、身代金目当ての誘拐だと思われる。

でも、「悪魔にさらわれたんです」なんて言っても、とても信じてもらえまい。

「何も」

と、マリは首を振って言った。「ともかく、真子ちゃんは学校に行って。何か分れば連絡するから」

それしか言いようはなかったのである。


「あの子ったら……」

と、爽子はため息と共に言った。

「元気出して下さい」

と、マリは言った。「きっと戻って来ますよ」

美樹のケータイから、爽子のケータイにもメールが入っていた。

〈ごめんなさい。少し一人になりたいの。心配しないで。美樹〉

「これ、美樹が打ったんじゃないと思うの」

と、爽子は言った。

「どうしてですか？」

「あの子は、特にメールの中に、必ずカタカナを使うわ。もしあの子が打ったのなら、『ヒトリ』とか『シンパイ』となるはずよ」

マリは、こんなときにも、ちゃんと冷静に考えている爽子に感心した。

「だから、あの子、もしかしたらもう生きていないのかも……」

と言いかけて、爽子は自分で胸が詰って、泣き出してしまった。

マリも慰めようがない。

いっぺんに夫の青木昭吉と娘がいなくなってしまったのだ。

しかし、美樹は悪魔にさらわれたとして、青木の方は？

マリにも、どこを捜していいか、見当がつかない。

「――あの」

と、マリは爽子へ、そっと声をかけた。「美樹ちゃんに、お父さんが会社のお金を使い込んだという話はしたんですか？」

「いいえ、まだ……。今朝はともかく学校へ行かせるのが先で」

「じゃ、何も知らないんですね」

マリは、さらわれた美樹が、もし新聞やTVのニュースで、父親の「犯罪」を知らされたら、と思った。

どんなにしっかりした子でも、それが本当だと信じてしまったら、父親を恨むようになるだろう。そうなれば、悪魔の思う壺《つぼ》だ。

マリは焦った。

美樹はどこへ連れて行かれたのだろう？

大天使が、「お前の思っている通りだ」と言ったのは、どういう意味だろう？

マリは、廊下の隅でドテッと横になって寝ているポチを見た。

——ポチは何か知っている。

きっとそうだ。でも、ポチはいくらチンピラでも悪魔の手先。

マリが美樹の居場所を訊《き》いても、教えてはくれまい。

マリは、安原恵へ電話をした。

「——まあ、娘さんが家出?」

「そうなんです」

と、マリは言った。「あのお金の話、公表を待ってくれないでしょうか」

「きっと、八田部長は気にもしないと思うわよ」

「そうですね……」

マリは少し考えて、「今日、帰りにその八田って人に会ってみます」

「あなたが?」

「考えがあるんです。会社終るの、何時でしたっけ?」

と、マリは訊いた。

7　追跡

マリは東京駅のホームで、安原恵の姿を捜した。

ともかく広いし、人が多い。

平日の昼間に、こんなに大勢の人が列車に乗っているのだ。むろん旅行ばかりではなく、ビジネスで出かける人も、帰る人もあるだろう。

「忙しいのね、人間って」

と、マリは呟《つぶや》いた。

ポンと肩を叩《たた》かれて振り向くと、安原恵が立っていた。

「良かった！　会えなかったらどうしようかと思いました」

「まだ少し時間あるわ。でも、八田部長と出くわさないように気を付けないとね」

「ええ」

「ちょっと隠れてましょう、売店のかげに」

二人は、弁当を売っている売店の方へ行った。

「私たちのお弁当、買っときましょうか」

と、恵は言った。「腹が減っては、戦ができぬ」

「はい！　あ、私、青木さんの奥さんからお金もらって来てます」

「じゃ、お互い好きなの買おう」

二人は、色んな種類のお弁当を見て回った。

「——いいなあ、こんなに色々あって」

と、マリは言った。「天国にも、こういうお店があると助かるのに……」

適当に選んで、お茶のペットボトルを付けて買う。

あの、夜中のコンビニで大暴れして姿を消した北岡竜介という老人と、店員の近藤唯のことを思い出した。

あの老人はどこへ行ったんだろう……。

「——そうか」

と、思わず口に出して言った。

大天使が言った、

「お前の思っている通りだ」

という言葉。

あれは、北岡竜介の事件も、美樹が行方をくらました件も、つながっている、という意味だろう。

他にも、夫とその愛人を焼き殺した妻の事件……。

単に、人間の恨みだけでなく、何か他の大きな力が手を貸しているのではないかという出来事……。

これが一連のつながった出来事なら、その目的は何なのだろう？

「――そろそろかしら」

と、安原恵が腕時計を見た。

「恵さん、早退して来たんですね、会社」

「ええ。ちょうどいいタイミングだったわ。八田部長の秘書の女の子に会って、部長の予定訊いたら、今日の午後から外出だって」

「それも一泊で？」

「突然、今朝になって、打合せがあるからって、列車のチケット取らされたって。秘書の子が苦笑いしてたわ。『あれ、きっと女と温泉に行くのよ』って」

「それを『打合せ』？」

「ねえ。自分で払えばいいのに、会社に持たせようとするなんて、せこい！」

「誰と出かけるんでしょうね」

「それが見もの。もしかすると、八田部長の弱味を握れるかもしれないわ」

マリは、事態を楽しんでいる恵に、爽《さわ》やかなものを感じた。

「もう来てもいいころ……」

と言いかけて、「——後ろ向いて!」

「え?」

「売店に背を向けて!」

「はい」

「部長が来てる」

いつの間にやら、八田がやはり弁当を買いに来たらしいのだ。

マリはそっと振り返って見た。

「——女の人と一緒ですよ」

「今?」

恵はバッグからケータイを取り出すと、肩越しに後ろの写真を撮った。

「知ってる人ですか?」

恵は目を見開いて、

「これって、大当りかも」

「大当り?」

「部長と一緒にいるのが、青木さんに襲われた矢代エリ子よ」

八田と矢代エリ子は弁当を選びながら、楽しげに笑っている。

そして買物を済ませると、腕を組んでホームへ出て行った。

「――ああ、びっくりした！」

と、恵は息をついた。

「あの二人――どう見ても仲いいですね」

「恋人同士よ。これから二人で温泉ってわけね。呆《あき》れた！」

「尾行します？」

「もちろん！　矢代エリ子って、襲われた精神的ショックで寝込んでるはずよ。どこがショックだ」

「じゃ、青木さんをはめたのは……」

「読めたわね。部長の差し金よ」

マリと恵は、八田たちが列車に乗り込むのを見て、少し離れた車両に入った。

「――こうなったら、しっかり二人の熱々のところを写真に撮ってやる」

と、座席に落ち着いて、恵は言った。

「青木さんへの疑いは晴れますね」

「でも、それだけじゃない。きっと、例の会社のお金の使い込みも係《かかわ》ってるのよ」

「じゃあ……」

「じっくり探る必要があるわね」

恵は張り切っている。

「でも――恵さんは顔知られてるんですから、気を付けて下さいね」

「それもそうね。変装でもするか」

と、恵は笑った……。


列車が少し走ると、窓の外はもう暗くなって来た。

一番昼の短い季節である。

――マリには、恵に話せない心配があった。

青木美樹をさらったのが悪魔なら、この父親をめぐるセクハラや横領の事件にも、悪魔が係っている可能性があるのだ。

八田や矢代エリ子を見ていると、二人とも悪魔の手助けをしているようには思えないのだが。

だから、二重の意味で、用心しなくてはならないのである。

ともかく車内で弁当を食べ、四時間近く列車に揺られて、八田たちの降りる駅に着いた。

温泉地として有名なので、大勢の客が降りる。

マリたちが向うに見られる心配はあまりないが、人ごみに紛れて見失う危険もあった。

「旅館は自分で予約したみたいね。――二人、どこへ行った？」

「私、捜して来ます」

マリは小走りに人の間をかき分けて、タクシー乗場へ向った。

ズラリと旅館の迎えのマイクロバスが並んでいて、八田たちがその一つに乗り込むところだった。

「かなり山奥なの？」

タクシーに乗って、安原恵は運転手に訊《き》いた。

「ああ、一番奥まった谷間にあるんだ」

と、山道を運転しながら、運転手が言った。

マリが、八田と矢代エリ子の乗った旅館のマイクロバスを見ていたので、タクシーでそこへ向っているところだ。

「真っ暗ですね」

と、マリは窓の外を見て、「怖くないですか、運転してて」

「そうだね、ちょっと間違えば崖下《がけした》に転落だからな。照明もないし」

と、運転手は言った。「しかし、心配いらないよ。ちゃんと道は頭に入ってる。どこでカーブが来るか、どこで橋になるか……」

確かにベテランなのだろう。不安を感じさせない運転だった。

「〈夜雲荘《やくもそう》〉はね、逢《あい》びきの名所なんだ」

と、運転手が言った。

「へえ。何かわけでも？」

「そりゃ、やっぱり目立たないからだろうね。その代り、ちょっと土産を買いに町へ出るのにゃ不便だがね。まあ人に見られたくない芸能人もずいぶん来るよ」

「へえ……」

「〈夜雲荘〉って、変った名前ですね」

と、マリは言った。

「そうだね。ときどき、谷に霧が出ることがあって、そうすると、旅館がすっぽり雲に包まれるように見えるんだよ。それでつけた名前だって聞いたね」

タクシーは、真っ暗な山道を辿《たど》って行く。

そして、やっと行く手に明りが見えて来た。

タクシーは旅館の玄関に着いた。

「いらっしゃいませ」

と、旅館の名を染め抜いたハッピをはおった男が出て来る。

「すみません」

と、安原恵が言った。「予約してないんですけど、部屋あります？」

男はちょっと困ったように、

「うちはご予約のない方は、お泊めできないんですが……」

と言った。

「あら。でも、ここがいいって聞いて、予約した旅館をキャンセルしてやって来たんです。何とかして下さらない？」

と、恵が愛想良く言った。

「そうおっしゃられても……」

そこへ、

「泊まっていただきなさい」

と、声がして、和服姿の、ずいぶん若い女性が出て来た。

「女将《おかみ》さん」

「いらっしゃいませ」

と、その女性はていねいに、「女将でございます。わざわざ私どもを選ばれたお客さまをお断りするわけには参りません。部屋をご用意いたしますので、どうぞ」

「まあ、嬉《うれ》しい！　来たかいがあったわ」

と、恵は手を打った。

「お荷物は運ばせます。どうぞ中へ」

色白で、すっきりした美人の女将である。

マリは恵と一緒に〈夜雲荘〉の玄関へ入った。やはり山の中だからだろうか。ひんやりとした空気が頰をなでる。

「私がご案内いたします」

と、女将が先に立って、廊下を辿って行く。

途中、大浴場の場所を聞いたりして、曲がりくねった廊下を大分行き、

「——少し奥ですが、静かで落ち着いてお過ごしいただけますから」

と、その部屋の扉を開ける。

新しくはないが、掃除も行き届いて、二人にはもったいないような広さ。

「ひと風呂浴びられるとよろしいかと。——一時間ほどしましたら、ご夕食をお持ちします」

「ありがとう。そうします」

恵は女将に、「ずいぶんお若いんですね」

と言った。

「いえいえ。見た目よりは年を取っておりますの」

と笑うと、女将は、「では、ごゆっくりどうぞ」

と、退《さ》がって行った。

「――いい旅館ね」

と、恵は部屋を見回して言った。

「そうですね……」

マリは何となく不安げだ。

「どうかした？」

「いえ……。ただ、何だか落ち着かないんです。ここの空気が」

「空気？」

「たぶん、気のせいですね。あの八田部長たちを、どうやって捜します？」

「そうね。向うも、少し前にここへ着いたばかりでしょ。大浴場の辺りにいると思うの」

「そうですね。でも、恵さんは顔を知られてるし……。私、行ってみます。女湯の方に矢代エリ子がいるかも」

「そうね。じゃ、お願いするわ。私も男湯に入るわけにゃいかないしね」

と、恵は言った……。

マリも温泉は嫌いじゃない。

天国には温泉がないので、地上へやって来てから、この楽しさを知ったのである。

大浴場は湯気が立ちこめて、数人の客がいたが、顔はよく見えない。

本当はこんな呑気《のんき》なことしちゃいられないのだけど……。

でも、せっかく来たのだ。お湯に浸《つか》って、ホッと息をつく。

「――どちらから？」

気が付くと、穏やかな感じの女性が、マリのすぐ近くにいた。

「あ……。東京です」

と、マリは答えた。

「そう。私もよ。長く泊まってるの？」

「いえ、一泊二日で……。長いんですか？」

「ええ。しばらくここでのんびりするつもりなの」

「いいですね」

――三十代の半ばくらいだろうか。少し疲れて見えるが、どこか悩みを忘れようとしている様子がある。

ふと、マリはその女性を見たことがあるような気がした。

会ったことはないようだ。でも、どこかで……。

「お一人ですか」

と、マリは訊《き》いてみた。

「ええ。一人が一番。若い内は、二人で旅しようとか思うけど、年齢《とし》を取ると、男なんて

そのとき、扉がガラッと開いて、一瞬湯気の薄らいだところへ、矢代エリ子の白い肌が覗《のぞ》いた。

誰だったろう？　どうしても思い出せない。

と、微笑む。

「どうでもよくなるわ」


「おい、飯を忘れてもらっちゃ困るぜ」

と、ポチは文句を言った。

もちろん、それは青木爽子にとっては、ただ犬が吠《ほ》えた、としか聞こえていないのである。

「ああ……。ごめんなさいね。お腹空《す》いたのよね」

ダイニングで、一人テーブルに肘《ひじ》をついて、じっと考え込んでいた爽子は顔を上げて息をついた。「自分がちっともお腹空かないものだから……。少し待ってね。私も少しは食べないとね。何かこしらえるわ」

「手っ取り早く頼むぜ」

と、ポチは言って、ダイニングの床に寝そべった。

爽子は台所に立って、冷凍してあったおかずを電子レンジへ入れた。

――マリが出かけてしまったので、ポチは、このアパートに爽子と二人である。

爽子が食欲のないのは当然だろう。突然夫は行方をくらましてしまうし、娘の美樹までいなくなってしまったのだ。

一体何がどうなっているのか、途方に暮れているのである。

「すぐ用意するから」

と、爽子はポチの方へ話しかけた。「でも、マリちゃんは本当にいい子ね。あの子がいてくれなかったら、私、どうしていいか分らない……」

もちろん、爽子はポチが自分の話を理解しているなどとは思ってもいない。ただ、黙っているのが辛《つら》いのだろう。

「私のせいかしら……。あの子にはこんな目にあうのは、私のしたことの報いなの？　でも、どうして美樹までが……。あの子には何の罪もないのに……」

爽子は、自分でも泣いていることに気が付かないようだった。

すると、ダイニングのテーブルに置いたケータイが鳴った。爽子は飛びつくようにして取ると、

「もしもし！」

と、勢い込んで言った。

思いがけない相手だったらしい。

「まあ……。あなたなの」

と、緊張がとけたように言って、「――いえ、ごめんなさい。がっかりしたわけじゃないの」

椅子にかけ、爽子は淡々とした声で、

「連絡できなかったの。色々あって。――ええ、大変だったのよ。いえ、今でも大変なの。主人がね。――え？　いえ、そうじゃないと思うわ。でも、家を出て行ってしまったの」

ポチは耳を澄ました。相手は誰だ？

「主人だけじゃないわ。娘もいなくなってしまって。――いえ、私たちのことは知らないと思うわ、二人とも。――ええ、確かよ」

もしかして浮気相手か？　こいつは面白い！　ポチはジリジリと爽子の足下へと寄って行った。

「でもね、これは私への罰なのかもしれないと思って……。主人や娘に知れているかどうかじゃなくて、天罰なのかも……」

爽子は涙を拭《ぬぐ》った。「――分ってるわ。あなたのせいじゃない。私だって、苦しんで来たんですもの。――え？　だめよ！　今は出られない。主人や娘から、いつ電話がかかって来るかも」

爽子は椅子から立ち上がって、

「何ですって？　今、どこからかけてるの？――まあ！」

爽子は窓の所へ駆け寄って、カーテンを開け、外を覗いた。

「そんな所にいたら、ご近所の人に見られるわ。――でも……」

爽子は少し迷ってから、「じゃ――いいわ、上がって来て。顔を見るだけね。――ええ」

爽子は通話を切って、

「ポチ、あなたはここでご飯食べててね」

と言った。

電子レンジからおかずを取り出す。

ポチはもらった食事を喜んで夢中で食べているふりをした。いや、喜んでいるのは本当だったが……。

爽子が玄関を開けて、誰かを迎え入れている気配があった。

「誰もいないわ。犬だけ。――ええ、臨時にね、預かってるの」

ポチはそっと居間の方を覗いた。

爽子と手を取り合っている相手を見て、ポチは目を見開いた。どう見たって、大学生くらいにしか見えない若い男だ。

爽子の半分くらいの年齢だろう。

やるじゃねえか、おばさんよ。――ポチはちょっとワクワクした。

人間が誘惑に負けて罪を犯すのは、悪魔にとっちゃ大歓迎である。

いや、肝心なのは、罪を犯すこと、そのことではない。罪を犯すことで自分を嫌いになり、自分を大切にしなくなる。それが悪魔のつけ込む狙い目なのだ。

「あなたは、美樹にとっては家庭教師の先生だわ」

と、爽子が言った。「あの子はあなたを信じてる。裏切らないで」

なるほどね。娘の家庭教師か。いや、いかにもありそうな話だね。

ポチは興味津々だった。

「だめ……。いけないわ」

爽子は、そう言いながら自分からその若い男を抱きしめていた。

不安で、心細いのだろう。誰かにすがりつきたいのだ。

ポチは、爽子が若い男と寝室へ消えるのを見て、ニヤついた。

この場面は、ぜひ娘の美樹に見せてやりたいもんだな。

そうすりゃ、娘の魂は間違いなく悪魔のものだ。

「そうだ」

ポチは、ダイニングの方へ戻って行った……。

「今晩は」

お湯に浸《つか》って、矢代エリ子がマリの方へ微笑みかけた。

「今晩は。今、お着きですか？」

と、マリは訊《き》いた。

「ええ。あなたは親ごさんと？」

「いえ……友人とです」

するとマリと話をしていた、穏やかな感じの女性が、

「あなたは男の方とご一緒？」

と、エリ子に訊いた。

「ええ、まあね」

「分るわ。とてもおきれいですもの」

「ありがとう」

「でも――用心してね」

「用心って？」

「男の人を信じちゃだめよ。男は、いつかまた他の女に心を移すわ。しっかり見張って、盗まれないようにね」

「ご忠告、感謝しますわ。裏切られたことが？」

「ええ、もちろん」

と、女は肯《うなず》いた。

男に裏切られた……。

その女の方を、マリはじっと見つめた。

温泉の大浴場の湯気の中、はっきりとその顔に見覚えがあるわけではなかったが、確かに「どこかで見たことがある」と、マリは思った。

「じゃあ、あなたも負けずに裏切ってやればいいわ」

と、矢代エリ子は言った。「そういう風には考えないんですか」

問われた女は、微笑んで、

「それはね、あなたのように若くて美しければ、そうできるでしょう。でも私はだめ。裏切りたくても、『共犯』になってくれる男性が見付からないわ」

「あら、そんなこと……。まだお若いじゃありませんか」

と、エリ子は言った。

「私も、ちゃんと鏡は見えてるわ」

と、女が言った。「男に関心を持たれる女じゃないの、私」

「でも、結婚なさってるんじゃない？　雰囲気が……」

「『していた』の。今は一人」

「じゃ、別れたんですか。偉いですね。なかなか踏ん切れませんよ」

「決心してしまえば、そんなに難しくはないわ」

と、女は言った。「――さあ、こんなにおしゃべりしていると、のぼせてしまうわ。じゃ、お先に」

「どうも」

と、エリ子は言って、女が大浴場から出て行くのを見ていた。

そして、マリの方を見ると、

「あなたなんか若いから、ああいうタイプの人って分らないでしょ」

と言った。

「タイプ?」

「自分がちっとも魅力的じゃない、と思い込んでるから、男が寄って来ないのよ。きっと旦那《だんな》さんも、そういう奥さんに嫌気がさして、他に彼女を作ったのね」

「それで離婚したんですかね」

「たぶんね。――でも、ああいうタイプは執念深いわ。結構怖いわよ。本当に怒らせたら何するか……」

「おとなしそうな人に見えましたけど」

「そこがくせ者よ」

と、エリ子は微笑んで、「あなたも、ああいうタイプの奥さんを持ってる人とは付合わないことね」

「私、まだそういうことは……」

「そうね。これからでしょうね、大人の恋は。でも憶《おぼ》えておいて損はないわよ」

「ありがとうございます」

「恨まれて殺されでもしたら、馬鹿みたいだもんね」

――マリは、それを聞いてハッとした。

今出て行った女。あれは、夫と浮気相手の女性を、自宅に火を点《つ》けて焼き殺した女と似ている。

いや、マリもそんなにはっきりと顔を知っているわけではない。TVのニュースで写真を見ただけだが……。

何といったか。――松永。そう、松永だ。

松永邦子。

もし、あれが本当に当人なら、あの女がここにいるということは……。

マリは、

「もう出ます」

と、エリ子へ言った。「ごゆっくり」

「じゃ、矢代エリ子と話したの?」

部屋へ戻ると、マリは安原恵にエリ子と会ったことを話した。

「ええ……」

「やったわね! 実は私も調べたの」

「何をですか?」

「もちろん、八田部長の泊まってる部屋よ。分ったわ。割合にこの近くなの。二階だけどね」

「でも……」

「まあ、二人でいるところを写真に撮るってのは難しいけど、それでもチャンスがないとは限らないわ」

マリは少し考え込んでいたが、

「——恵さん。ここ、引き上げませんか」

と言った。

「引き上げる? 帰るってこと?」

「ええ」

「どうして? まあ、たまたまここまで来ちゃって、予定外だったけど、でもせっかくあの二人を追って来て……」

マリとしても、恵に納得してもらえるように話すことができない。

悪魔の話など持ち出せば、笑われるだけだ。

しかし、松永邦子がここにいるのは偶然ではないだろう。そして、青木美樹が悪魔に連れ去られたこと……。

それがどうつながっているのか、マリにも見当がつかない。

「すみません、妙なこと言い出して」

と、マリは言った。「もちろん今夜はもう遅いし、帰れないと思いますけど、ここにはあんまり長くいない方がいいような気がして……」

「明日帰りましょ。八田部長たちと一緒にならないように用心してね」

「はい」

マリは少しホッとした。

――夕食は量も充分で、味も悪くなかった。

マリと恵が食事を終て、食事の盆が下げられて行くと、

「私もひと風呂浴びて来ようかしら」

と、恵が言った。「マリさんがエリ子と会ったってことは、そうすぐにまた大浴場には来ないだろうから」

「そうですね」

マリは大欠伸《おおあくび》した。

満腹になったら眠くなるのは、天使も同じだ。

「先に寝てていいわよ」

恵はタオルを手に取ると、そう言って部屋を出た。

マリは、もう敷かれてあった布団の上に横になった。

すぐ寝る気ではなかったが……。

いつの間にか、ウトウトしていたらしい。

ふっと目が覚めて、まだ明りも点いたままなのを見ると、布団の上に起き上がった。

「恵さん、まだ戻ってないのか」

時計を見ると、三十分ほどしかたっていない。のんびり温泉に浸《つか》ってるんだろうな。

伸びをして、マリは立ち上がると、窓の方へと歩いて行った。

カーテンを開けても、外は真っ暗で何も見えないだろう。そう思いつつ、カーテンに手をかける。

スッと開けて、マリはギョッとして立ちすくんだ。

そこには、霧が渦を巻いていた。いや、霧というより、黒い雲の中にいるかのようだ。

これって……。

マリの背筋を冷たいものが走った。

8　渦巻

マリと二人、アルコールを飲まない分、食事するのに時間がかからなかったのだろう。

安原恵は大浴場に一人きりだった。

夕食が済めば、また入りに来る客がいるのだろうが、ちょうど今は食事どき。

「ああ、いい気持！」

と、恵は思わず言った。

もちろん、青木のことを忘れたわけじゃない。でも、人生を楽しむことも忘れないようにしなきゃ。

ガラッと戸が開いて、誰かが入って来た。

白い肌、みごとなプロポーション。

「──あら」

顔が湯気の中から見えて、恵は思わず言った。「女将《おかみ》さんですね」

「まあ、どうも」

女将は恵に愛想よく微笑みかけて、「いかがですか、お湯の方は？」

「ええ、とっても満足してます」

「それはようございました」

と、女将はザッとお湯をかぶってから、「失礼します」

と、恵の近くに身を沈めた。

「こんな時間に入るんですか」

「意外と時間がありますの。皆さん、お食事の最中で、ほとんどここへはみえないので」

と、白いつややかな肩を光らせながら、「今入っておきませんと、後は夜中になってしまうんです」

「すべすべしたお肌ですね」

と、恵は言った。「やはり、このお湯に毎日浸ってらっしゃるからかしら」

「ええ、きっとそうでしょうね」

と、女将は言った。

「すばらしいわ。毎日こんなお湯に何回でも入れるなんて」

「都会の方は、そう毎週おいでになるわけにもいきませんしね」

「ええ、本当。ここから会社に通えたら、毎日ここでお風呂に入るんですが」

と、恵は言って笑った。「――ここ、山の中だし、色々変ったお客も多いでしょうね」

「ええ、まあ」

「秘密の旅行にはぴったりですものね」

「確かに」

と、女将は肯《うなず》いて、「その秘密を探りに来るお客様もおありです」

「秘密を探りに？」

「ええ。旦那《だんな》様の浮気の現場を押えようとなさる奥様とか」

「ああ。なるほど」

恵は笑って、「私も結婚したら、その気持が分るようになるかしら」

「そうでしょうね、きっと」

「女将さんは結婚なさってるんですか」

「私ですか」

女将は、ちょっとふしぎな笑みを浮かべて、「難しいんですの、こういう立場ですと」

「こういう立場……。女将をやってらっしゃるから、ってことですか」

「いいえ。――人間じゃないから、ってことです」

「え？」

恵は戸惑って訊《き》き返した。「今、何ておっしゃったんですか？」

「気になさらないで。あなたはとても可愛い方」

「恐れ入ります」

と、恵は言った。

「本当に可愛いわ。食べてしまいたいくらい」

女将としては妙なセリフだった。

恵は女将と二人きりでいるのがなぜか息苦しくなって、

「のぼせちゃいそうだわ。出ます」

「いいえ」

「いいえ、って？」

「あなたは出ない。永久にね」

と、女将は言った。

その瞬間、恵の足下が急に砂のように柔らかくなったと思うと、ズルズルと恵の体を引きずり込んだ。

何？　これって——。

たちまち頭がお湯に沈む。

恵は必死でお湯から顔を出そうとしたが、足下の渦は逆らいようもない力で、恵を呑《の》み込んで行った。

こんなことって……。あるわけない！　こんな馬鹿な！

恵は息を止めていられず、お湯を飲んでむせ返った。

助けて！——誰か助けて！

声も出ない。

恵の体は、まるで生きもののようにまとわりついて来る渦の中へ、ほとんど吸い込まれていた。

そして——何か巨大な手に足首をつかまれたように、一瞬の内に、恵は完全に渦の中へ呑み込まれていたのである。


「遅いな……」

と、マリは時計を見た。

恵が大浴場へ行って一時間半もたつ。

長くいれば、矢代エリ子と出会う危険もあるから、すぐ戻って来ると思ったのだが……。

マリは部屋を出て、ロビーへ行ってみた。

ちょうどお湯から出て来たらしい女性たちが五、六人、ソファで寛《くつろ》いでいる。

「あの……今、女湯は混んでいます？」

と、マリは訊いた。

「今？　私たちが出たら、一人もいなかったわね」

「一人も？」

そんなはずが……。
マリは急いで大浴場へ行ってみた。
女湯の方を覗《のぞ》くと、確かに今は一人も入っていない。
「恵さん……」
首をかしげて、マリは脱衣所の中を見渡した。
あれって……。
脱衣カゴが一つ、脱いだものを入れたまま置いてある。
誰も入っていないのに？
マリは、そのカゴの中を覗いた。
髪を留めるゴムバンドが入っていた。これは恵さんのだ！
でも、脱いだものだけがあって、なぜ当人がいないの？
マリはもう一度女湯の戸を開けた。
空気がおかしい。——妙に張りつめて、入るのを拒んでいるかのようだ。
マリは身構えた。これは普通じゃない。
「大天使様、お守り下さい」
と祈ってから、中へ足を踏み入れる。
誰もいないのに、はっきりとこっちを見ている視線を感じた。

「恵さん？」

と、マリは呼んだ。「恵さん、どこですか？」

突然、お湯の表面が泡立った。そして、まるで噴き上げられたように、恵の体が勢いよく浮かび上がった。

「恵さん！」

マリは駆け寄った。


白々と夜が明けようとしていた。

マリは窓辺に立って、次第に明るさを増して来る風景を見ていた。

重苦しい気持だった。

「連絡しなきゃ」

町の中だ。ケータイもつながるだろう。

爽子から借りて来たケータイで、青木家へかける。

「――もしもし」

「マリです。こんな時間にすみません」

「いえ、構わないわ。何か手掛りでも？」

と、爽子は訊いた。

「それが……」

マリはちょっと声を詰らせた。「安原恵さんが……」

「安原さんが？　どうしたの？」

マリは病院のベッドの方を振り返った。

「今、病院で。――恵さん、意識不明なんです」

「何ですって？」

「危険は分ってたんですけど。まさか、こんなことになるなんて……」

「今、どこ？」

「温泉町に来ています」

マリはそう言ったが、「病院の中なので、長く話せません。一旦《いったん》私だけ帰って、詳しいことをお話しします」

「分ったわ。マリちゃん、あなたは大丈夫？」

「はい、私は何ともありません」

「そう……。ともかく帰って来て」

「ええ。美樹さんから連絡は？」

「ないわ」

「午後になると思いますが、帰ります」

「気を付けてね」

と、爽子は言った。「それじゃ――」

「あ、もしもし？――もしもし？」

切れていた。

マリは、ちょっと首をかしげた。今、切れる直前、爽子の声の向うで男の声が聞こえたような気がしたのだ。

何と言っていたのか分らないが、ともかく男の声に違いないようだった。

あの家に男はいない。青木が帰ったのなら、当然爽子はそう言うだろう。

「空耳かな」

と、マリは呟《つぶや》いた。

あの温泉町の町中にある、一番大きな病院である。といっても、都会の病院とは比べようもない。

恵はこの病院へ運ばれたとき、心臓も停止して、仮死状態だった。

幸い、若くて熱心な医師が当直でいてくれたので、手を尽くしてくれ、心臓は動き出した。しかし意識は戻らない。

「ごめんなさい……」

と、マリはベッドの傍にかけて、恵にそっと語りかけた。「私がいけなかった。恵さんを巻き込んじゃったのは私だわ」

あの大浴場で何が起こったのか。

それは分らない。しかし、恵は今、目は開いていても何も見ていない。顔からは表情が失《う》せ、まるで仮面のようだ。

もっと早く、夜中でも構わずに、あの旅館を出るのだった……。

そうすれば……。

「——安原さんに付き添って来た方ですね?」

看護師が顔を出し、「警察の人が話したいと」

「行きます」

マリは立って病室を出た。

廊下の正面に立っていた男が欠伸《あくび》していた。朝早くて眠いのは仕方ないとはいえ、意識を失っている恵のことを考えると、マリはムッとした。

「警察の方ですか」

と、マリは言った。

「うん。——君は、温泉での事故の……」

「事故?」

「まあ、過失というかね」

四十がらみの刑事は、また欠伸をして、「いやごめん。何しろゆうべマージャンで遅かったんでね」

マリの目つきに、さすがに刑事は咳払《せきばら》いして、

「僕は県警の中沢《なかざわ》。——一応変死というんで呼び出されたんだ」

マリは頰を真赤にして、

「恵さんは死んでません！」

と言い返した。

「え？——生きてる？　何だ、話が違うじゃないか」

と、中沢という刑事は眉《まゆ》をひそめた。「こういうことがあるから困るんだ」

「でも、なぜ恵さんが大浴場で溺《おぼ》れたか、調べてくれるんでしょう？」

「え？　ああ——そんなこと、分り切ってるじゃないか」

「というと？」

「酔っ払って風呂《ふろ》に浸《つか》ってるうちに、眠っちまったのさ。珍しいことじゃない」

マリは啞然《あぜん》として、

「恵さんは夕食のとき、ビールも飲んでいませんよ」

「ふーん。どうして分る？」

「一緒に食べてたんです」

「そうか。しかし、君のいない所で飲んでたんじゃないの？」

「どこでですか？」

「まあ……そりゃ分らない」

「いい加減ですね」

「だって、実際に溺れてるんだ。他に考えられるか？」

「それを調べるのが刑事さんでしょ」

「おい待てよ」

と、中沢刑事は言った。「こっちは忙しいんだ。色々事件を抱えててね。酔っ払いが溺れたなんて、事件とも言えない」

「だから、恵さんは酔ってなかったと……」

「分った分った。じゃ、どうして溺れたと言うんだ？」

「分りません、でも、まともじゃない事件ですから」

マリとしては難しい立場だ。

自分の身分証がないのは、何より不利だ。

それに、あの旅館に秘密が隠されているとしても、警察で調べられるようなことではない。

「わけの分らんことを言うな」

と、中沢の方が怒り出し、「俺は眠いのに出て来たんだ」

「私が呼び出したわけじゃありません」

マリもついカッとなって言い返す。

「生意気な娘だ。——一緒に来い！」

「え？　どこへ？」

「二、三日留置場へ泊めてやる」

「結構です」

「言うことを聞かないのか？」

中沢が手を伸してマリの腕をつかむ。

「やめて下さい！」

「黙れ！　俺の言うことに逆らったからだ！」

マリは必死で中沢の手を振り切ると、あわてて逃げ出した。

ポチはそっとベランダへ出ると、キョロキョロと辺りを見回した。

「兄貴……。兄貴、いませんか？」

と呼んでみる。

もちろん、人間には犬が吠《ほ》えているようにしか聞こえない。

玄関の方で、

「じゃあ……」

と、青木爽子が言っているのが聞こえた。「もう来ないでね」

「だけど……」

「お願い。美樹や主人が戻って、無事に元の生活に戻れたら、連絡するわ」

「分ったよ」

娘の美樹の家庭教師だという大学生が、帰って行く。結局、この家に泊まったのである。

爽子が居間へ入って来ると、ソファにぐったりと身を沈めて、

「ああ……。あの子が出ていったっていうのに、私は何てことをしたんだろう……」

と、苦しげに絞り出すような声で言った。「ごめんなさい、美樹。——もう二度と。二度と会わないわ、あの人とは」

あんまりあてにならないね。ポチはニヤニヤ笑っていた。

人間は誘惑に弱い生きものだ。あと一度だけなら……。あと一度だけ……。

そう自分へ言い聞かせて、ズルズルと……。

ま、そんなものさ。

爽子が、罪滅ぼしのつもりか、家の中の掃除を始めた。

よしよし。これで、こっちが何やってたって気が付かないだろう。

「――おい」

と、声がして、ポチは仰天した。

「あ、兄貴！　気が付きませんで」

と、あわててペコペコ頭を下げる。

「何の用だ？　こっちは忙しいんだ」

「へへ、私もちょっとお役に立とうと思いまして」

「お前が？」

「ここの娘を連れてったでしょ」

「それがどうした」

「実は――」

ポチが、母親と娘の家庭教師との仲について報告すると、

「そいつは面白い」

と、「影」は言った。「しかし話だけではな……」

「そこは抜かりありません」

ポチは、ベランダに置いてある鉢植のかげから、ビデオカメラをくわえて来た。

「それは？」

「二人のお楽しみの場面をしっかりと」

「本当か。それはお手柄だ」

「いい思い付きでしょ?」

「よくやった。——よし、もらって行くぞ」

「これって、得点になりますよね」

「そうだな。ちゃんと報告しといてやる」

「よろしく!」

ポチが頭を下げ、再び上げると、もう「影」は消えていた。

ベランダの戸がガラッと開いて、爽子が部屋の中の埃《ほこり》を思い切り掃き出した。

ゴホッ! ゴホッ!

ポチがあわてて部屋の中へ飛び込む。

「あら、そんな所にいたの」

爽子は面食らって、「ごめんなさい。大丈夫だった?」

「気を付けてくれよ! 悪魔はデリケートにできてんだ」

と、むせながら、ポチは文句を言った。


「じゃあ安原さんは……」

爽子がマリの話に愕然《がくぜん》として、「誰かにやられた、と?」

「はい」

マリは肯いて、「恵さんはお酒なんか飲んでいなかったし、自分で溺《おぼ》れるわけがありません。誰かが恵さんを溺れさせたんです」

「何てこと……。でも、誰が？」

爽子の問いに、マリも返事ができない。

悪魔がやりました、なんて言っても信じてはもらえない。――ともかく、恵が狙われたのはなぜなのか、それを探らなくては。

「八田という部長を調べてみます」

と、マリは言った。「でも、八田と矢代エリ子の仲が分ったので、セクハラの話も横領のことも、でっち上げだと分りますよね」

「それは嬉《うれ》しいわ。でも、認めるかしら」

「この情報は、警察へ流してやります。二人の関係が事実かどうか、調べれば簡単に分ることですから」

「ええ……。ありがとう、マリちゃん」

と、爽子は頭を下げた。

「いいえ。でも――恵さんのこと、残念です」

と、マリは言った。

あの旅館、〈夜雲荘〉に鍵《かぎ》がある。それは分っているが、あそこでマリ一人が戦えるかどうか……。

正直、マリは恐ろしかった。自分まで、あの黒い霧の中へ引きずり込まれるような気がして。

天使がこんなことじゃいけない！　人間を守るために立ち上がらなきゃ、とは思っているのだが……。

「——ただいま、ポチ」

と、マリは居間の隅に寝そべっているポチへ声をかけた。

「外泊か」

「温泉に行ってたのよ」

「へえ、羨《うらやま》しいね。天使は気楽な商売だな」

「ポチ。——あんた、何か知ってるんでしょ」

言われて、ポチはギクリとしたが、

「知らねえよ。こうやって寝てただけだからな」

と、とぼけた。

「何かが起ころうとしてる。——それが何か分らないけど、とても怖いの。ポチ、あんたが私とは反対の立場ってことは分ってるけど、人間の情《なさけ》のおかげで生きて来たのよ、私たち。少しは恩返ししなきゃいけないと思うの」

「お前がやれよ。俺は悪魔だぜ。そんなことに気をつかってられるかよ」

「そりゃそうね」

と、マリはため息をついた。「でも、せめて私の邪魔をしないでね」

「面倒くさいことは嫌いだ」

と、ポチはそっぽを向いた。

「疲れた。――少し寝るわ」

マリは立って行った。

ポチは、悪魔としては妙だが、いささか気が咎《とが》めていた。

人間の世界にしばらくいるうち、多少人間の考え方に感化されたのかもしれない。

マリは、ポチのためにもせっせと食べ物を手に入れようと頑張ってくれたりする。

それが天使ってもんだが。――しかし、悪魔に対してまで、気をつかう義理はないのだ。

「もう遅いや」

と、ポチは呟《つぶや》いて、目をつぶった。

ああ、やれやれ……。

八田は目を覚ますと、布団の中で大きく伸びをした。

旅館の部屋でのんびり過ごすってのはいいもんだな……。

「おい、エリ子……」

と言ってみたが、矢代エリ子の姿は見えない。

大方、先に目が覚めて、朝風呂《あさぶろ》にでも行ったんだろう。八田は起き上がって大欠伸《おおあくび》をした。

ゆうべは、矢代エリ子を相手に、たっぷり楽しんだ。——正直、四十歳の八田にはいささか「重労働」だったくらいだ。

「まだ腰や腕が痛いぜ……」

と、苦笑する。

あんまり元気な彼女を持つのも考えものだ。

起き出して時計を見た八田は、いっぺんで眠気が吹っ飛んでしまった。

「あら、起きたの？」

エリ子が入って来る。「よく寝てたわね」

「おい……。午後の三時？　本当かい？」

「ええ、そうよ。お腹空《す》いてない？」

「参ったな！　夕方には会社へ行くつもりだったのに！」

八田は頭を振って、「こういう旅館は朝ちゃんと起こしてくれるだろ？」

「あら、あなたがゆうべ『明日は起こすな』って言ったのよ」

「俺がそんなことを？」

「ええ。いやね、忘れちゃったの？」

と、エリ子は笑って、「いいじゃないの、一日ぐらい休んだって」

「まあ、それは……」

エリ子との旅だ。のんびりできればそれに越したことはないが……。

「だめだ。今夜顔を出さなきゃいけないパーティがある」

八田は手帳をめくって、「急いで帰ってもぎりぎりだな」

「いいじゃないの。こっちの仕事が長引いたって連絡すれば」

エリ子が八田の肩にもたれて、甘えた声を出す。

「そうはいかない。——君、何ならのんびりしてくといいよ。俺はすぐ出る」

八田は、フロントへ電話をかけて、東京へ帰る列車の時間を訊《き》いた。

「——ありがとう。じゃ、タクシーを呼んでくれ」

受話器を置いて、「四時の列車があるって。タクシーで十五分だから、充分間に合う」

「忙しいのね。じゃ、私も仕度するわ」

「ザッとお湯に浸《つか》ってくるかな。十分もありゃ戻って来る」

八田はタオルを手にして、部屋を出て行った。

「エリートはいやね、せっかちで」

と、エリ子は呟いて、洗面台の前の化粧品などをバッグへしまった。

それから浴衣《ゆかた》を脱いで着替え始めたが——。

ふと物音に振り向くと、

「え？」

と、思わず声を上げた。

見知らぬ老人が浴衣姿で立っていた。もう七十代か八十近いかもしれない。いくら年寄りでも男は男だ。

「部屋をお間違えですよ」

と、エリ子は半裸の恰好《かっこう》で、脱いだ浴衣を手に取ると、胸を隠した。

老人は、どこか無気味なギラつく目でエリ子を見ていた。

「あのね、おじいちゃん、出てって。人を呼ぶわよ！」

と、きつく叱るように言った。

老人は口元に冷ややかな笑みを浮かべると、真直ぐエリ子の方へやって来た。

「ちょっと……。何ですか？　やめて！　向うへ行って！」

老人は思いもよらない力でエリ子を抱え上げると、布団の上に放り投げた。

「やめて！——やめてよ！」

起き上がる間もなく、エリ子は老人に組み敷かれていた。「ちょっと！——誰か！　助けて！」

とても老人の力とは思えない。エリ子は押えつけられると、全く身動きできなかった。

老人は無言のままエリ子の胸をつかんだ。

エリ子が悲鳴を上げる。

「——やめなさい！」

鋭い声が飛んで来た。

老人が、鞭《むち》で打たれでもしたようにビクッと身を縮め、パッとエリ子から離れた。

旅館の女将《おかみ》が厳しい目で老人をにらんで立っていた。

「勝手な真似は許しません」

と、老人に向って言うと、「出て行きなさい！」

と、一段と厳しく命令した。

老人は駆け出すように逃げて行った。

エリ子が起き上がって震えていると、

「申しわけありません」

と、女将が入って来て、詫《わ》びた。「あの年寄りはこの旅館の持主の親戚《しんせき》筋の人で。——ちゃんと旅館の中へは入って来ないようにしてあるんですけど」

「びっくりしましたわ……」

「本当に何とお詫びしていいか……」

女将はくり返し謝って、「お詫びに、このご宿泊の料金はいただきません。どうかご勘弁を」

頭を下げられると、エリ子も文句は言いにくく、それに料金タダ！

もともと自分が払うわけではないが。

「分りました。でも、こんなことがあっては、もうここへは来られません」

と、目を伏せて、「胸をつかまれて、あざができたんです」

「お気持は……。でも、どうかこれにこりずに、またおいで下さい」

女将はそう言って、「いかがですか。お連れの方に黙っていて下さったら、もう一度おいでになるときも、無料にさせていただきますが」

やった、とエリ子は内心大喜びだったが、そこは顔に出さず、

「ええ、まあ……。もしその気になれたら」

「ぜひ、どうぞ。――タクシーはもう参っておりますので」

女将が出て行くと、エリ子は急いで服を着て、

「でも、あのおじいさん、凄《すご》い力だったわ」

と呟いたのだった。

女将は廊下へ出ると、

「困ったものね」

と、隅で小さくなっている老人の方へ目をやった。

「つい……我慢できなくて」

と、老人はボソボソと言った。

「元気なのはいいけど。——そうね、どうせなら相手を選んでちょうだい」

老人が顔を上げる。

女将は微笑んで、

「連れて行ってあげるわ」

と言った。

9 監禁

冷たい風が首筋をなでた。

北岡あゆみは掃除の手を止めて、二階の方を見上げ、顔をしかめると、

「いやねえ。──また、ビニールが破れたんだわ、きっと」

と、呟《つぶや》いた。

義父の北岡竜介が謎の失踪《しっそう》をして、窓が派手に壊され、そのままになっている。もちろん、雨が降り込んだりするので、一応ビニールで外からふさいではあるのだが、風が強いと破れることもしばしば。

「迷惑だわ、本当に……」

と、ブツブツ言いながら、あゆみは階段を上って行く。

夫の北岡浩太郎は、さすがに実の父親のことなので、あゆみがグチをこぼすと怒る。だから、あゆみも夫の前では言わないようにしている。

その代り、こうして夕方一人で掃除しているときなら、いくら言っても聞く者はないし……。

それにしても、竜介はどこへ行ってしまったのか。

ベッドに寝たきりで、起き上がることさえできなかったのに、窓を破って飛び出し、近くのコンビニを襲ったという。そんな馬鹿な話があるかしら？

浩太郎は、あの久野という刑事の言うことを信じていない。

「親父は誰かにさらわれたんだ！」

と、言い張っている。

あゆみにとっては、正直、どうでもいいことだ。

竜介がこのまま行方をくらましてしまえばあゆみは助かる。でも……。

ドアを開けると、やはりビニールが破れて、冷たい風にバタバタはためいていた。

「もういい加減に――」

と、部屋へ入って、あゆみは足を止めた。

床のカーペットに、当の北岡竜介があぐらをかいて、ニヤニヤ笑っていたのである。

「まあ……。お義父様《とうさま》、戻ってらしたんですか？」

「がっかりしたか？」

と、竜介は言った。

「そんなこと……」

大体、義父は言葉も不自由だったはずだ。

「あの……浩太郎さんへ知らせます」

と、部屋を出ようとしたあゆみに向って、竜介は飛びかかった。


「ただいま……」

克子は家へ入って、「——お母さん？」

と、居間を覗《のぞ》いた。

掃除機が使いかけのまま置いてある。

「どこに行ったんだろ？」

と、首をかしげて、克子は階段を上って行った。

自分の部屋へ入ろうとした克子は、祖父のいた部屋から、何か妙な声が聞こえるのに気付いた。

声というか……獣の唸《うな》り声みたいだ。

でも——もちろんあそこには誰もいないはずだ。おじいちゃんは姿を消したきりだし。

しかし、放っておくわけにはいかなかった。

ショルダーバッグを足下に置いて、克子はそのドアへ近付くと、こわごわドアを開けてみた。

寒い風が吹きつけて来る。

中を覗いた克子は立ちすくんだ。

「──お母さん！」

母が男に組み敷かれて、服を裂かれ、泣き叫んでいる。

母の上になった男が顔を上げて克子を見た。

「克子か」

「──おじいちゃん！」

「いいところに帰って来たな」

祖父は汗を光らせながら立ち上がった。

「おじいちゃん……」

克子は、とても人間とは思えない祖父の目の暗い光に射貫《いぬ》かれたように、動けなかった。

「お前も、俺のことを邪魔者扱いしてたからな」

「やめて……」

「年寄りを大事にしないと、こういうことになるんだ！　憶《おぼ》えとけ！」

祖父の手が克子の髪をつかんで引張った。

克子は悲鳴を上げた。

マリは、病院の正面玄関を入って、外来の患者たちの間を抜けて行った。

ならなかった。

ポチは表に待たせてある。

近藤唯の見舞に来たのだ。――安原恵を、どこか都内の病院へ移すことも考えなくては

でも、今日は何だか近藤唯の顔が見たくなったのである。

「――お邪魔します」

そっと声をかけると、唯が目を開けて、

「ああ……。マリちゃん」

「どうですか、具合？」

「ありがとう。そう急には良くならないけど……。でも、痛みは大分おさまったわ」

「そうですか、良かった」

と、マリは微笑んだ。

「――どうしたの？　今日は何だか元気ないわね」

「あ……。そう見えます？　色々あって」

「話したいことがあるんでしょ」

「ええ」

「天国の話もまだよ」

「そうでしたね」

と、マリは笑って、「お茶、いれていいですか?」

「ポットのお湯、もう冷めてるかも」

「入れ替えて来ます」

と、マリがポットを手に行こうとする。

「そうだ。――あの久野って刑事が、あなたのこと、訊《き》きに来たわよ」

「そうですか」

「気を付けてね」

「はい」

マリは病室を出た。

給湯室で、ポットにお湯を入れていると、誰かが後ろに立った。

「――何ですか?」

と、振り向く。

「待ってたよ」

久野と室田刑事だった。

「何か……」

「一緒に来てもらおう」

「あの……待って下さい。これ、唯さんの所に置いて、すぐ来ます」

いきなり室田がマリの腕をねじ上げる。ポットが床に落ちて転がった。

「やめて！　何するんですか！」

アッという間にマリは後ろ手に手錠をかけられてしまった。

「どうしてこんな――」

「うるさい！」

と、久野が怒鳴った。「お前は何か知ってるな。北岡竜介のことを」

「私が？」

「じっくり話を聞いてやる。覚悟しとけ」

逆らいようもない。マリは乱暴に腕を取られて、引張って行かれた。

「私が一体何したって言うんですか！」

何も告げられずに、いきなり手錠をかけられては、マリも怒らずにはいられない。

しかし、マリがどう文句を言っても、久野と室田の二人の刑事は一向に気にしていない様子だった。

唯さんが後でこのことを聞いて心配するだろうな、と思ったが、どうすることもできない。

後ろ手に手錠をかけられたマリは、病院の中を、人目を集めながら連れて行かれた。

わざと人目につくようにしてる。――マリは、久野たちがわざわざ混雑している一階の外来の待合室を通り抜けて行くことにしたので、そう分った。

「何なの、あの子？」

「何したのかしら」

などという話し声も耳に入って来る。

あまりいい気持がしないのは確かだが、マリは何も悪いことなんかしていない。できるだけ、毅然《きぜん》とした態度で歩こうと努力した。

車の後部座席に乗せられ、隣に久野がかけて、

「おい、出せ」

と、ハンドルを握る室田刑事へ言いつけた。

車が走り出すと、

「手錠が痛いか」

と、久野が訊く。

「痛いですよ」

「よし。外してやるが、逃げるなよ」

久野が手錠を外した。

「ひどいじゃありませんか」

と、マリは久野をにらんだ。

「仕方ないだろう。身許《みもと》不明の怪しい奴だ。何をされても文句は言えない」

「言えます」

と、マリは言ってやった。

車は少し走って、別の病院の正面で停った。

「——何ですか、ここ？」

と、マリが面食らっていると、

「見せたいものがある。降りろ」

と、久野が言った。

マリは久野に腕を取られて、病院の中へ入った。ややこしい廊下を辿《たど》って行くと、一つの病室の前に制服の警官がいる。

「ご苦労」

と、久野は言った。「どうだ？」

「まだ何とも……」

「そうか」

促されて、その病室の中へ入って行く。

二つのベッドに、二人の女が寝ていた。

マリは、二人ともひどく殴られたらしいのを見てとった。頭には包帯、顔にもあざができている。

そして、手や足を骨折したのか、ギプスを嵌《は》められている。

「——どうしたんですか、この人たち」

と、マリはそっと訊いた。

「北岡竜介の息子の女房と孫娘だ」

と、久野は淡々と言った。「北岡竜介に襲われた」

「え？　あの——姿を消した？」

「突然戻って来たらしい。そして、息子の嫁のあゆみと、孫の克子を……」

マリは、二人とも目を開けて、しかし何の表情もなく天井を見ているのに気付いた。

「散々痛めつけられたのも事実だが、二人とも服を裂かれ、レイプされた」

「——孫娘まで？」

「それも、何度もくり返し、だそうだ。二人ともそのショックで、この状態だ」

と、久野は言った。

「ひどい……」

「たとえ、どんなにいかれた奴でも、こんなことまでするか？——どう思う」

「分りません」

と、マリは首を振って、「確かに、そのおじいさんがやったことなんですね？」

「帰宅した亭主に、女房がすがりついて話したそうだ」

――マリは、病院を出ると、今度は警察へ連れて行かれた。

「ここにいろ」

と、殺風景な何もない小部屋にマリを押しやって、久野と室田は出て行った。

マリは、椅子に腰をおろして、息をついた。

七十六歳の老人が、あんなひどいことを……。

やはり普通ではない。しかし、だからといって、どうすればいいだろう？

少ししてドアが開き、久野が入って来た。

「――さて、と」

久野はもう一つの椅子に腰をおろすと、「まずは名前からだ」

「――マリです」

「姓は？」

「ありません」

久野はニヤリと笑って、

「それだけでも、疑いをかけられて当然だ。そうだろう？」

「でも……」

「なあ」

久野はガラッと口調を変えた。「お前が『怪しい奴』だとは思ってる。しかし、今度の一件は、あまりに妙なことが多過ぎる」

「それって……」

「北岡竜介は、確かに寝たきりで、医者も絶対に歩けなかったと断言してる」

久野は眉《まゆ》を寄せて、「そのじいさんが、コンビニを壊しただけでなく、今度は女二人をレイプした。――こんな馬鹿な話があるか？」

「分ります……」

「俺は刑事だ。――法に違反した者を捕まえる。しかし、今回の事件は常識が通用しないんだ」

久野はじっとマリを見つめて、「頼む。何か知ってたら、教えてくれ。どんなに突拍子もないことでも、俺は聞く」

マリは、久野が真剣に言っていると感じた。

「あの……」

「うん」

「お話ししますけど、『ふざけるな！』とか怒鳴らないで下さいね」

「ああ、約束する」

と、久野は肯《うなず》いた。

マリは椅子に座り直して、

「私も、そのおじいさんに何が起きたのか、はっきりと分っているわけじゃありません」

と言った。「ただ――動けるはずのない老人に、そんな力を与えられるのは……」

「何だ?」

「悪魔だけだと思います」

久野は黙って聞いていた。

「私は……天使なんです。地上に研修に来ています。それで、姓はないんです」

「天使か」

「羽根、ないですけどね。――でも、あのおじいさんだけじゃありません。今、悪魔の力が及んでいる事件が他にもあって」

「何のことだ?」

「松永邦子です」

「松永?――ああ、亭主とその愛人を焼き殺した女か」

「あの女性にも、悪魔が手を貸しています」

と、マリは言った。

ここまで来たら同じだ!

マリは、〈夜雲荘〉に松永邦子らしい女性がいることを、久野に話した。

なぜ〈夜雲荘〉へ行ったか、ということになると、また話が長くなる。一応青木が会社をクビになったいきさつには触れなかったが、

「今お世話になっているお宅の奥さんに頼まれて」

とだけ言っておいた。

久野は、ほとんど口を挟むことなく、マリの話に耳を傾けていた。マリとしては一生懸命に話しているのだが、普通なら、こんな話を信じてはくれないだろうと思うと、少々空しい。

マリが一旦《いったん》話を切ると、久野は顔をしかめて、

「話は聞いた」

と言った。「しかし、丸ごと信じろとは言わないだろうな」

「馬鹿げて聞こえることは分ってます」

と、マリは言った。「でも、あなたが話せとおっしゃったから――」

「分ってるとも。こいつは馬鹿げた事件だからな、そもそもが」

「でも、けがをした人たちにしてみれば……」

「俺も、お前が天使で、地上に見学に来てるなんて話を、上司へ報告することはできん」

「見学じゃなくて研修です」

と、マリは訂正した。

「しかし、一つ、我々の仕事の内だということがある。松永邦子が〈夜雲荘〉という旅館にいる、ということだ。指名手配中の殺人犯を逮捕するのは当然のことだ」

「分ります。でも、少し待って下さい」

「どうしてだ？」

「あの旅館には何かあるんです。何か恐ろしいものが。――今度の事件で、悪魔が何を企《たくら》んでるか、それが知りたいんです」

「我々が用があるのは、人間という悪魔の方だ」

久野は立ち上がった。「ともかく、〈夜雲荘〉を捜索する。もし松永邦子をかくまっているなら、女将《おかみ》も逮捕するまでだ」

「でも、それは――危いです」

と、マリは言った。「どうしても行くのなら、私も連れてって下さい」

「お前のような小娘に何ができる？　天使といっても、力はなさそうだしな。――室田！」

久野は室田刑事を呼んで、「この娘、空いた部屋へ閉じ込めとけ」

「分りました」

マリは立ち上がって、

「分ってるんですか？　相手は人間じゃないんですよ！」

と、叫ぶように言ったが、久野は笑って、

「天使なら、鍵穴《かぎあな》からでも脱け出せ」

と言って、そのまま出て行った。

「さあ、おとなしくしろよ」

室田がマリの腕をしっかりとつかむ。

到底振り離せるものじゃなかった。

マリはそのまま廊下を引張って行かれると、小さな部屋へ押し込まれ、鍵をかけられてしまった。

「ああ……。どうしよう……」

マリは頭を抱えた。

——ポチ、何とかしてよ！

ポチ？　そういえば、ポチは……。

「病院だ」

久野に連行されて来たのを、ポチは知っているだろうか？

ポチは知らなかった。

——久野がマリを連れて行ったとき、ポチは病院の玄関脇の植込みの所で居眠りしていたのである。

「やけに遅いな」

ポチは欠伸《あくび》をした。「おい、腹が減ったぜ！」

ポチは少々心配になった。

悪魔が天使のことを心配してどうする、と言われそうだが、そこは一緒に旅している仲間である。

「ごめんよ」

見付かるとつまみ出されるだろう。

ポチは壁ぎわや長椅子の裏側を通って、病院の中へ潜り込んだ。

あの近藤唯とかいったコンビニ店員の病室の場所は、マリから大体聞いている。

看護師の目を盗んで、素早く階段を上り、

「――この辺だな」

と、見当をつけて……。

「これだ。――あったぜ」

〈近藤唯〉の名札を見付けて、「お邪魔するよ」

と、病室へ入って行った。

「――え？」

唯は、ベッドのそばにヌッと顔を出したポチを見て、びっくりした。「ああ！——あんた、マリちゃんと一緒だった犬ね」

ポチは前肢をベッドの枕のそばに掛けて、唯の顔を覗《のぞ》いていた。

しかし、ポチの「言葉」が通用するのは、マリだけである。

「マリちゃんは天使だって言ってたから、あんたも仲間？」

と、唯は訊《き》いた。

「俺は逆の方だけどな」

「何か言ってるの？　マリちゃんはあんたと話してるみたいだったわね」

「よく分ってるじゃねえか」

「マリちゃん、刑事さんに連行されて行ったたって」

と、唯は言った。「憶《おぼ》えてる？　あのコンビニにやって来た、久野って刑事さんよ」

「そうか。——そいつはやばいな」

「あんた、マリちゃんの飼犬でしょ？　マリちゃんを助けに行きなさいよ」

と、唯は言って、「私の言ってることが分ったら、一回吠《ほ》えて」

「あいよ」

「分ってるのね！——待って」

唯はケータイで久野へかけた。

「――久野さんですか？　近藤唯です。――あの、マリちゃんはどこにいるんですか？」

唯はしばらく話を聞いて、「――分りました。でも、マリちゃんは何もしてないじゃありませんか」

と言った。

しかし、向うは切ってしまったようで、

「ひどい話！　マリちゃんを警察の中に閉じ込めてるんですって！」

「そいつはまずいな」

「待って。――室田って若い刑事さんが残ってるらしい。電話してみるわ」

唯はケータイで室田へかけ、「――今、久野さんにもお話ししたんですけど、マリちゃんの飼ってる犬が、とてもマリちゃんを慕って、食べるものも喉《のど》を通らないんです」

「それほどでもないけどね……」

「ほら、苦しそうな声出して！」

と、唯にケータイを突きつけられて、ポチは仕方なく、「キューン」とでもいうような、情けない声を出してやった。

「――ね、分ったでしょ？　この犬にマリちゃんを会わせてやって！」

アホな部下を持つと、上司も苦労するぜ。

——ポチは、本当にノコノコと警察署の表に出てきた室田刑事を見て、思った。

「犬が会いたがってる」

なんて話に乗せられて、本当に出て来るんだから、おめでたいと言うか……。

あの久野という奴がいたら、

「ふざけるな！」

のひと言で終りだろう。

——待てよ。俺もひょっとすると、悪魔としちゃ「アホな部下」なのかな？

「お前だな」

と、室田がポチを見付けてやって来る。

ポチはわざと少し嬉《うれ》しそうに尻尾《しっぽ》を振ってやった。

「いいか、これは特別なんだぞ」

と、室田が顔をしかめて、「おとなしくついて来いよ。同僚に知れるとまずい」

「へいへい」

ポチは頭を低く下げて、室田について行った。

何が起こるか、マリにも想像がつかなかった。しかし、確かなのは〈夜雲荘〉と、あの周辺が、ふしぎな力を帯びた土地だということだ。

いくら久野が警官を連れて乗り込むといっても、みんな「普通の犯罪者」しか知らないのだ。

大丈夫だろうか？

でも、今のマリには、どうすることもできない。

閉じこめられた小部屋の中、マリは落ち着かなくて歩き回っていた。

そこへ、ドアの鍵が開く音がして、

「おい、お前の仲間だ」

と、室田が顔を出した。

スルリとポチが部屋の中へ入って来る。

「ポチ！」

「寂しがってるといけねえから、見に来てやったぜ」

ドアはまた閉った。

「ポチ。——よくここが分ったね」

「例のコンビニの店員——唯とか言ったか？　あいつが俺をここへ送り込んでくれた」

「唯さんが！　そうだったの」

と、マリは言った。「でも、ここから出られないわ。あの刑事もいるし」

「なに、あんな奴、どうにでもなるぜ」

と、ポチは言った……。

——マリはドアを中からドンドンと叩《たた》いて、

「室田さん！——室田さん！」

と呼んだ。

「何だ？」

と、ドア越しに室田の声がする。

「あの——ポチがオシッコしちゃったんです！」

「何だって？——畜生！」

鍵《かぎ》を開ける音がして、「おい、困るじゃないか！」

と、室田が入って来る。

正面にポチが座っていて、ニヤリと笑うと、

「ご苦労さん」

と言った。

「ごめんなさい！」

マリがそう言って、高く持ち上げていた椅子を、室田の頭上に振り下ろした……。

眠っているわけではないのに、意識がぼんやりと薄れている。

青木爽子は、そんな風だった。

居間のソファに座っていて、テーブルの上のケータイが鳴ったとき、ハッと目がさめた。

「――はい。――もしもし？　どなた？」

と訊くと、少し間があってから、

「私よ」

と、美樹の声がした。

「美樹！　まあ、あなた、どこにいるの？」

と、爽子は思わず立ち上がっていた。

「どこだっていいでしょ」

美樹の口調は冷ややかだった。

「お母さん、心配なのよ。ね、誰かにさらわれたの？」

「まあね。でも、それで良かったんだね」

「何を言うの？」

「私がいない方が、楽しめていいじゃないの」

「楽しめて、って……」

「今、ビデオで見てるよ。――お母さんと先生が抱き合ってるとこ」

「――何と言ったの？」

「お母さんの声がよく入ってるよ。聞かせてあげようか」

「美樹……」

爽子は、ビデオの音声を聞かされて、青ざめた。それは紛れもなく、自分自身の声だ……。

「――聞こえた、お母さん？」

「美樹。ごめんなさい。お母さん――心細くて、寂しかったのよ！」

「せいぜい先生と仲良くしてちょうだい！」

「お願い、お母さんの話を聞いて」

「お父さんも可哀そうにね。これじゃ家出するわけだよ」

「美樹……」

「私、もう帰らないから」

「何ですって？　今、どこにいるの？」

「とっても居心地のいい所。仲間も友だちもいるし、ここにいる方がずっと楽しい」

「お願いよ、帰って来て。お母さんのこと、殴りたければ殴っていいわ」

「そんなことする気もしないよ」

と、素気なく、「先生によろしく！」

「美樹！　待って！――もしもし！　美樹！」

もう切れていた。

爽子の手から、ケータイが落ちた。

「やっぱり、ひと言お礼を言ってからでないと」

と、マリは言った。

「ま、好きにしな」

ポチが肩をすくめる。

マリたちは五階でエレベーターを降りた。

「あんただって、私を助け出してくれたもんね」

「好きで助けたんじゃねえよ。あの唯って女が——」

「分ってる。でも、青木さんのお宅に迷惑かけちゃいけないものね」

マリは青木家の玄関のドアを引いて、「——開いてる」

「無用心だな」

「失礼します」

と、マリは呼んだ。「マリです。——いませんか?」

何だか、いやな予感があった。

マリは上がって、居間を覗《のぞ》いた。

「奥さん！」

照明器具のフックからロープが下り、爽子の体がゆっくり揺れていた。

マリはテーブルを押しやって、その上に飛び乗ると、首を吊《つ》っている爽子の体を抱き上げた。

「ポチ！　包丁か何か持って来て！」

と、マリは叫んだ。

10 魔 力

「本当に危機一髪だったわ」

と、看護師がマリに微笑みかけた。「よく助けてくれたわね」

「じゃあ……青木さん、助かるんですね」

マリは思わず声が震えた。

首を吊っている青木爽子を見付けて、夢中で縄を切った。救急車でついて来たマリは、爽子が一命を取り止めたと知って、涙がこみ上げて来た。

「あと二、三分遅かったら助からなかったでしょうね」

「運が良かったんです」

マリはそう言って、「連絡したいことがあるので、電話、借りていいですか？」

「ええ、そこのナースステーションのを使って」

マリは、少々気は重かったが、室田刑事へかけたのである。

「——あ、マリです。——そんなに怒鳴らないで下さい」

と言う方が無理か。「本当にすみません。でも、ああするより他になくて……」

「分ってるんだろうな！　刑務所に何年もぶち込んでやる！　殺人未遂だ！」

「私、殺す気なんか――」

「言いわけなんか聞かないぞ」

　と、室田は言った。「いてて……。頭のコブがズキズキ痛む」

「ごめんなさい。でも、久野さんたちが危いんです。私、じっとしてられなくて」

　どう説明しても、椅子で殴られた室田は許してくれないだろう。

「聞いて下さい。お願い！」

「何の話だ」

「久野さんたちに、〈夜雲荘〉へ行くな、と言って下さい。何が起こるか分りません」

「俺が言ってもむだだ」

「それともう一つ、私がお世話になってる青木さんのお宅の奥さんが自殺を図ったんです」

「何だと？」

「今病院に運び込まれて、落ち着いています」

　と、マリは言った。「この人のこと、お願いしたいんです」

「何で俺が……。まあいい。どこの病院だ？」

「看護師さんと替ります」

マリは受話器を看護師の一人に渡しておいて、そのまま病室を離れた……。

青木の部屋へ戻ったマリは、ポチが居間のソファに寝そべっているのを見て、

「奥さん、助かったよ!」

と、声をかけた。

「そうかい」

ポチは大して関心なさそうだった。

「看護師さんにほめられた。もう少し遅かったら間に合わなかったって」

「フーン……」

「ま、あんたは助かってくれない方が良かったかもね」

と、マリは言った。「でも——なぜ奥さん、あんなことを……」

マリは、さっきの騒ぎに紛れて見落としていたのだが、居間のテーブルに、走り書きのメモがあるのを見付けた。

〈美樹へ。許してちょうだい。爽子〉

簡単なメモだが、何かが爽子を追い詰めたことが分る。

「『許して』って、一体何のことを言ってるのかしら」

マリはポチを見て、「ね、何か知らないの?」

「知るか、そんなの」

――ポチは内心ヒヤリとしていた。

おそらく、爽子は美樹に責められたのだろう。あの家庭教師の「先生」との関係を……。つまり、まさにポチの撮ったビデオが役に立ったわけだ。――役に立った、とは、悪魔の方から見ての話だが。

マリは首をかしげている。

まさかポチが、そんなビデオを撮ったなどとは思いもしない。

ポチは、何だか気が咎《とが》めていた。今さら遅いと言われればその通りだが――。

「仕方ないね」

と、マリは言った。「さあ、出て行こう。あの室田刑事を思い切り殴ったんだから、捕まるよ」

「どこへ行くんだ?」

「分らないけど……。あの久野って刑事さんが大丈夫かどうかも気になる」

と、マリが言ったときだった。

「――ただいま」

と、声がして、びっくりしたマリたちが振り向くと、何と青木昭吉が、どこか照れたような顔で立っていたのである。

「青木さん!」

マリは、目を丸くして、「いつ――帰って来たんですか?」

「今だよ。――何かあったのかい? 散らかってるね」

と、青木は居間の中を見回して言った。「爽子の奴は?」


久野は、〈夜雲荘〉の前にパトカーを乗りつけると、ドアを自分で開けて降りた。

「ここか」

他に二台のパトカー。警官は十人いる。

久野は自分一人でも大丈夫だと信じていた。

俺は刑事なのだ。誰も俺に逆らうわけがない……。

「――いらっしゃいませ」

出て来たのは、和服姿の美しい女だった。

「女将《おかみ》か」

「さようでございます」

「警察の者だ」

「承知いたしております」

「知っている?」

「そのお車を拝見すれば」

と、女将は微笑んだ。「まさか、皆様でお泊まりではございませんでしょうね」

久野は、ポケットから捜査令状を取り出して、

「この旅館に、指名手配中の殺人犯が泊まっている疑いがあり、捜索する」

「まあ恐ろしい」

と、女将は少しわざとらしく眉《まゆ》を上げて、

「どうぞお入り下さいませ」

「うむ」

久野は部下たちに、「――入るぞ。玄関を上がったところで指示を待て」

と言った。

玄関を上がると、

「どうぞ、一旦《いったん》お休み下さいませ」

と、女将が言った。「ここは遠いので、お疲れでございましょう」

「いや、そんなことはしておられん」

「その間に、お泊まりの方について、お調べいたします」

「――そうか」

久野は少しためらいながら、女将に言われるまま、部屋の一つへ入ったのだった。

「それで、どなたをお捜しでしょうか」

と、女将は訊《き》いた。

「松永邦子という女だ。夫とその愛人を殺して逃亡している」

「それは――自宅に火をつけた、という人のことでございますか」

「そうだ。今、三十六歳。女の一人客で、それくらいの年齢の女はいるか」

「少々お待ち下さいませ」

と、女将は立ち上がって、「お茶をどうぞ。――ご一緒の部下の方々にも、ロビーで差し上げています」

「そうか……」

余計なことをするな、といつもの久野なら怒鳴りつけるところだが、女将の美しさは久野にとっても魅力的で、つい穏やかになってしまうのだった。

女将が出て行くと、入れ替りに仲居が来て、久野にお茶とお菓子を出して行った。

本当なら、少々まずい話だが、久野は、

「まあ、これぐらい……」

と呟《つぶや》きつつ、お茶を飲み、お菓子をつまんだ。

「ほう。これは旨《うま》い」

お菓子は、ちょっとふしぎな味がした。お茶も、どこか独特のハーブティーのような香りがする。

しかし、どちらも旨い。

女将はじきに戻って来た。手にカードを持っている。

「〈宿泊カード〉がございました」

「カード？」

「はい。間違いなく、〈松永邦子〉様と記入されています」

久野は啞然《あぜん》として、

「本名を書いてる？　本当か」

「ごらん下さい」

カードを受け取ると、久野は確かに〈松永邦子〉の名を見て、

「どういうつもりだ。——今、この女は？」

「お部屋においでと思います」

「では案内してくれ」

と、久野は立ち上がった。

そして、もう一度カードを見直し、

「これは——赤インクで書いてあるのか？」

と訊いた。

「いえ、そうではございません」

と、女将は首を振って、「ご案内いたします」

「頼む」

久野は立ち上がって部屋を出た。

そしてロビーの方へ、

「おい、行くぞ！」

と、声をかけたが……。

ロビーに部下の姿はなかったのだ。

「みんな……。どこへ行ったんだ？」

と、久野が呆気《あっけ》に取られていると、

「皆様、ひと風呂浴びておいでです」

と、女将が言った。

「何だって？」

久野は顔を真赤にして、「ふざけとる！　どういうつもりだ！」

「久野様も、お急ぎにならなくても。お湯に浸《つか》ってのんびりされてからでも、よろしいのでは？」

女将がにこやかに言った。

しかし、さすがに久野は憤然として、

「とんでもない！　さあ、松永邦子の部屋へ案内してもらおう」

と言った。

「ですが、部下の方々が――」

「女一人、私だけで充分だ」

と、久野は胸を張った。

「では、どうぞ。こちらです」

女将が先に立って行く。

「――地下があるのか」

階段を下りながら、久野は言った。

「はい。下りるほど、いいお部屋がございます」

「変ってるな」

久野はチラッと、あのマリという女の子の言っていたことを思い出した。

あの〈夜雲荘〉は「悪魔のいる場所」だ……。

フン、馬鹿げてる！

「――こちらでございます」

女将が、戸の外から、「松永様。お邪魔いたします」

と、声をかけた。

「どうぞ」

と、返事がある。

久野はガラッと戸を開けて、踏み込んだ。

「松永邦子だな」

女は少しも驚く様子もなく、端然と座っていた。

「私です」

「警察の者だ。松永健、並びに須川江利子殺害と、放火の容疑で逮捕する」

と告げると、逮捕状を取り出して見せた。

「来てもらおう」

すると、松永邦子はちょっと笑って、

「どこへ行くんですか？　ここへ入って来たら、もうどこへも行けません」

「何だと？」

「どうやって出るんですか」

久野は振り返って愕然《がくぜん》とした。

たった今入って来た戸があるはずの場所が、のっぺりとした壁になってしまっている。

「何だ、これは！」

「出口はないんです。入るだけ。——地獄からは、一旦入ったら決して出られません」

「地獄?」

「ここは地獄の入口です」

と、女将《おかみ》がいつの間にか松永邦子のそばに座って言った。

「馬鹿な! これは何かのトリックだ!」

「部下の方々は、ゆっくりお湯に浸っておいでですよ」

と、女将は微笑んで、「ご覧になりますか?」

女将が立って行って窓の障子をガラッと開けた。

大浴場で、部下たちがのんびり湯に浸っている。——だが、よく見ると、その湯は真赤である。

「あれは……」

「血の池です」

と、女将は言った。「皆さん、ご自分の血で〈宿泊カード〉を書かれたんです」

「〈宿泊カード〉?」

「このカードに記入されると、地獄の扉が開きます」

女将が白いカードを手に、久野へと近付いて来た。

「よせ……。近寄るな!」

と、久野は叫んだ。

しかし、久野は動けなかった。手も足も、まるで見えない腕で押えつけられているかのようだ。

あのマリの言ったことは本当だったのだ。

ここにいるのは「人間ではない」！

久野は、女将の笑顔を間近に見て総毛立った。口元に鋭く尖《とが》った牙《きば》が覗《のぞ》いた。

「もう遅いんです」

と、松永邦子が言った。「あなたはもう私どもの仲間……」


マリは気が重かった。

しかし、話さないわけにはいかない。

青木は半ば呆然《ぼうぜん》としている様子で、しかしマリの話にじっと耳を傾けていた。

マリの話が一通りすむと、

「すると、何かい？　美樹は誰かにさらわれて行方不明。爽子は自殺未遂で入院……」

と、自分に向って確かめているかのように言った。

「そうなんです。命は取り止めましたけど」

「そして、安原君は温泉で溺《おぼ》れかけて――」

「意識不明で、あの温泉町の病院に入院してます」

青木は深々と息をついて、

「何てことだ……。無事なのは僕だけか」

「青木さん。――すみません」

と、マリは詫《わ》びた。「安原さんのことは、私の不注意です。危険だと感じていながら、すぐに〈夜雲荘〉から出なかったのが……」

「いや……。どうして君が謝るんだ？　君は安原君と一緒に、僕にかかっている疑いを晴らそうとしてくれただけじゃないか」

「はあ……」

マリも、今どこまで青木に話したものか、迷っていた。

妻と娘がどうなったのか、それも分らずに途方に暮れているところへ、「悪魔」だの「地獄」だのと話したら、ますます混乱させるだけだろう。

それに、マリも今どうしたらいいのか、見当がつかない。

「――でも、青木さん、姿をくらましてどこへ行ってたんですか？」

と、マリは訊《き》いた。

「うん……。実は八田部長が会社の金を使い込んでいるという噂があってね。その証拠を見付けようとしてたんだ」

「じゃあ、青木さんに疑いがかかることは――」

「承知してた。むしろ、僕がやったということにしておいた方が、八田たちは油断するだろうからね」

「じゃ、奥さんや美樹さんに、そう話しておけば良かったのに」

「それはそうだが……。まさか、爽子や美樹まで巻き込まれるなんて、思ってもいなかったんだ」

青木の言うことも分る。マリが、

「八田と矢代エリ子があの〈夜雲荘〉から帰ってるかどうか――」

と言いかけると、玄関のドアを開ける音がして、

「誰かいるか！」

と、怒鳴る声がした。

室田刑事だ！　まずい！

しかし、マリは隠れる間もなかった。ポチは素早くソファの下へ潜り込んでしまう。

「――いたな」

室田が居間へ入って来た。「このコブ、見ろ！」

「すみません！」

と、マリは両手を合せた。「ちょっと手加減したんですけど」

「警官に暴行すれば、十年は食らい込むぞ！」

「あの……代りに私の頭、殴って許してもらえませんか」

と、マリは少々気が進まないながらも言った。「今、留置場へ入ってられないんです」

室田は意外なことに、ちょっと笑うと、

「俺もそんなことしてられない」

と言った。「大体石頭なんだ。あれくらいのことじゃ、ビクともしない」

「刑事さん」

と、青木が言った。「娘がさらわれたんです！　助けて下さい」

「ちょっと待ってくれ」

室田は腕組みしてマリを見ると、「――お前が久野さんに話したことは、隣の部屋で聞いた。あそこの話はマイクで拾ってるからな」

「じゃ、〈夜雲荘〉のことも？」

「ああ。――もちろん、信じなかった」

室田は、なぜか表情を曇らせて、「しかしな、さっき久野さんから連絡があった」

「〈夜雲荘〉からですか？　何と言って来ました？」

室田はポケットから小型のレコーダーを取り出して、

「録音したんだ。聞いてみてくれ」

室田が再生ボタンを押す。

「室田か」

「久野さん！　どうですか？　松永邦子はいましたか」

「いや、いなかった」

「そうですか」

「あのマリという娘には用心しなきゃいかん」

「はあ……」

「そこにいるだろうな」

「え、ええ……」

「すぐに射殺しろ」

室田がさすがにびっくりして、

「――射殺、ですか？　しかし――」

「あいつは凶悪な犯罪者なんだ。放っておくと何をするか分らん」

「ですが、何もしてないのに射殺するわけには――」

「俺が責任を持つ。即座に殺せ」

「はあ……」

「部屋のドアをわざと開けて、一人にするんだ。当然逃げ出そうとする。そこを射殺すれば、何とでも理由はつく」

「分りました」

「いいな。見た目が女の子でも、あいつは悪魔のような女なんだ。ためらうことなく撃て。そうしないとお前がやられるぞ」

「分りました」

「もう少し〈夜雲荘〉の捜索をしてから戻る」

「はい……」

通話は切れた。

マリは青ざめて、

「私を――殺しに来たんですか？」

「いや、違う。いくら何でもそんなことはできないよ」

と、室田は首を振って、「何だかおかしいんだ。久野さんらしくない。あんなことを言い出す人じゃないよ」

「そうですね……」

「それに、しゃべり方も変だ。いつもの久野さんと全然違う」

「口調が平坦《へいたん》で、表情がないですね」

「うん、そう思うだろ？」

マリは一瞬ゾッとして、

「たぶん——お気の毒ですけど。久野さんはもうこの世の人じゃありません」

「死んだって言うのか?」

「死ねればいいですけど、たぶん操られてしゃべっています。魂の抜けた肉体だけで」

「それは——悪魔の仕業だって言うのか」

「はい。信じていただけないでしょうけど」

「他に十人近くも警官が同行してる」

「たぶん……みんなやられてますよ」

「じゃ……どうすればいい?」

室田は、マリの言葉を信じているようだった。

マリと室田の話を聞いて、ますます混乱しているのは青木だった。

「待ってくれ、マリ君……。『悪魔』だの、『この世の人じゃない』だのって……。どういう意味なんだ?」

と、マリに詰寄る。

「青木さん……。説明すると長くなるんですけど」

マリはそう言って、ふと思い付いた。「もしかすると、美樹ちゃんもあそこにいるかも」

「あそこ?」

「〈夜雲荘〉です」

「本当かい？　じゃ、すぐ行ってみる！」

と立ち上がる青木を、マリはあわてて止めた。

「だめですよ！　青木さんも向うに取り込まれちゃいます」

「だけど、救い出さなきゃ美樹も、その――『やられる』んじゃないのか？」

「それは……分りません」

マリは途方に暮れた。

自分一人で何ができるだろう？

ポチが、いつの間にやらソファの下から這《は》い出して来て、

「狭い所は息が詰るぜ」

と言った。

「ねえ、ポチ。――何か考え、ないの？」

「俺に訊《き》くな」

と、ポチがふてくされて、「立場ってもんがあるだろ」

「そりゃ分ってるけどね……」

室田と青木が、二人の「会話」に目をパチクリさせている。むろん、室田と青木にはポチの言っていることは分らない。

「ま、一人で頑張るんだな」

と、ポチは欠伸《あくび》をして、「どうやら、お前も大物になったようじゃねえか」

「私が?」

と、マリは訊き返したが……。

そうか。――そうだわ。

「ポチ、ありがとう!」

「俺、何も言ってねえぞ」

「向うがわざわざ室田さんに言いつけてまで、私を殺したがってる。――それって、私のことを恐れてるからです」

室田は肯《うなず》いて、

「確かにな。で、お前は何ができるんだ?」

「自分でもよく分りません。でも、悪魔は私に邪魔されたくないんです。だから久野さんを操って、私を射殺しろと言わせてるんです」

「そうだな。お前に何もできないのなら、わざわざ殺さなくても、閉じこめておくだけでも充分だ」

青木が絶望的な表情で、

「何のことか説明してくれ! 『悪魔』って何だ?」

と言った。

「青木さん、もう少し待って下さい。室田さん」

「何だ？」

「久野さんは戻って来るんですね？」

「そのはずだ」

「そのとき、私が射殺されてなかったら、室田さん、困るんじゃありません？」

「だからと言って──」

「射殺して下さい、私を」

と、マリは言った。

「え？」

「もちろん、本当に、じゃありませんよ」

と、マリはあわてて付け加えた。「そうすれば、私がどうして恐れられてるか、探れる気がするんです」

「なるほど。──しかし、射殺しましたって報告しても、死体もなしじゃ信じてくれないだろうしな」

「ええ。──何かうまい手があるといいんですけど」

青木は、もう何も訊く気にもなれない様子で、腕を組んで黙っていた。

「——青木さん、すみません」

と、マリは気が付いて、「話について来れないですよね」

「僕の関心は妻と娘のことだけさ」

と、青木は言った。「君が悪魔だろうが天使だろうが、構やしない」

「私、天使なんです」

と、マリは言った。

しかし、青木に今の状況を一口で納得させることはできそうになかった……。

車が停って、久野が降り立つ。

そのとき、

「おい、待て！」

と、怒鳴る声が聞こえた。

マリが駆けて来る。そして、室田が後を追って来た。

マリが久野の姿を見て、ギョッとして足を止めると、向きを変えて駆け出す。

「久野さん——」

「射殺しろ！」

と、久野が言った。「早くしろ！」

「はい！」

室田は拳銃《けんじゅう》を抜くと、マリを追った。

マリは広い通りを渡ろうとして、車の流れに遮られていた。

「おい、止まれ！」

室田が銃口をマリへ向けた。

「いやよ！」

と、マリは叫ぶと、通りへ飛び出した。

車のクラクションが鳴る。

室田は引金を引いた。銃声と共にマリはのけぞって、フラフラと足がもつれた。

そこへ車が急ブレーキをかけながら突っ込んだ。

マリは車にはじかれるようにして倒れた。

続いて来た車が何台か、急ブレーキの音をたてて停る。

「停って！」

室田が両手を高く上げて、「警察だ！」

と叫びながら車道へ飛び出した。

「――どうだ？」

と、久野が追って来る。

室田は倒れているマリの方へ駆け寄ると、かがみ込んで、

「——死んでいます！」

と、久野の方へ言った。「弾丸《たま》が当って、車にはねられましたし……」

「そうか」

「ここへ放っておくわけにも……」

「よし。どこかへ運び出せ」

久野は肯くと、「俺は中へ入って休んでいる。少し疲れた」

「分りました」

室田は久野が立ち去るのを見届けて、「おい、大丈夫か？」

と、マリへ小声で呼びかけた。

マリはぐったりして動かない。

「おい……」

室田は青くなって、「誰か、手伝ってくれ！　この子を運ぶんだ！」

と、怒鳴った。

停った車のドライバーが二人やって来て、マリの体を歩道の方へ運んだ。

「ありがとう。もう行ってくれ」

室田はマリの上にかがみ込むと、手首を取った。

11　一か八か

「おい！　本当に死んじまったのか？」

　室田が焦って、歩道の脇に寝かされたマリに呼びかけた。「しっかりしろ！　天使なんだろ！　天使が死ぬのか？」

　すると、マリがパチッと目を開けて、

「天使だって死にますよ」

と言った。「人間の体を借りてるだけですから」

「何だ……。びっくりさせるなよ」

と、室田は息をついた。「ちゃんと弾丸《たま》は空包を使ったぞ」

「ええ。――車にちょっと接触したんで、腰が痛いんです……」

と、マリは顔をしかめた。

「大丈夫か？」

「ええ……。何とか」

　マリはやっと起き上がって、「久野さんはどうしました？」

「中だ。疲れたと言って」

「そうですか。ともかく、私は死んだことにしておいて下さいね」

「ああ、分ってる」

室田はチラッと左右へ目をやって、「立てるか?」

「はい……。でも良かった。車にはねられるふりするのに慣れてたんで」

「『当り屋』やってるのか?」

「どうしても、寝る場所がないときです」

「全く危いことをする奴だな」

と、室田は苦笑して、「天国じゃ、そんな授業まであるのか」

「まさか」

マリはやっと立ち上がると、「研修中は、原則として自分の力で生きていかなきゃならないんです」

「ご苦労だな」

と、室田は言った。「俺は戻らなきゃ。お前はどうするんだ?」

「久野さんがどうするか、見ていたいんですけど……。中へ入るわけにいかないですしね」

と、マリは少し考えて、「室田さん、久野さんがどこかへ出かけたら、知らせてくれますか？」

「そりゃいいが……。お前の持ってるケータイへかけりゃいいのか？」

「私、その間に〈M商事〉へ行って来ます」

「青木の勤め先か」

「八田と矢代エリ子が、〈夜雲荘〉から戻ったのがふしぎで」

「どうしてだ？」

「普通、一旦《いったん》〈死の世界〉に足を踏み入れたら、もう戻れません。でも、あの二人は戻ったようです。そこに何か意味があるような気がして」

「なるほど。——まあ、俺にゃよく分らんが、ともかく調べてみてくれ。何が起ころうとしてるのか、恐ろしい」

「はい」

「久野さんの方は俺が見張ってる。お前一人で両方は無理だろ」

「すみません。じゃ、お願いします」

と、マリは微笑んで、「私のこと、信じてくれて、ありがとう」

「信じたくないが、信じないわけにいかんだろ」

と、室田は肩をすくめた。

「でも、用心して下さいね。久野さんは、たぶん、もう——」

「この世の人じゃない、だろ。何かあったら、どうすりゃいいんだ？　ニンニクでもかじるのか」

「吸血鬼じゃないんですから」

と、マリは笑った。

しかし——二人を待っていたのは、とても笑う気になれない事態だったのである……。


「久野さん。——警部」

ドアを開けて、若い刑事が顔を出した。

「何だ」

久野は、古ぼけたソファに横になったままで言った。

「あの——署長がお呼びですけど」

「署長が？　出かけて戻らないんじゃなかったのか」

「予定が変ったようですよ」

「そうか」

久野は、起き上がろうとはせず、「すぐ行く。そう言っとけ」

「はい」

久野は、なお少しの間、横になっていたが、やがて面倒くさそうに起き上がった。

しっかりしろ。——「声」が頭の中に響く。

しっかりしてるとも。俺はしっかりしてるぞ。

立て。そして言われた通りにしろ。

「分ってるよ……」

久野はフラッと部屋を出た。「分ってるとも」

——室田が戻って来たのは、その二、三分後のことだった。

「おい、久野さんは？」

と、周囲に向って訊《き》く。

一人が、

「署長に呼ばれて行きましたよ」

と言った。

「署長室か」

「ええ」

「そうか……」

仕方ない。出て来るのを待とう。

室田は自分の席に腰をおろして、机の上に散らかった書類を適当にめくって見始めた。

そのとき——バン、と短く鋭い音が空気を震わせた。

居合せた者たちが顔を見合せる。

「今の音は？」

「銃声みたいだったぞ」

「だけど――」

室田は立ち上がって、

「署長室だ」

と言うなり、駆け出した。

署長室のドアをパッと開けると、室田は立ちすくんだ。

「室田か」

窓辺に立っていた久野が振り返った。

「警部……」

大きなデスクに突っ伏しているのは署長である。頭から血が机の上に広がっていた。

「――署長を殺したんですか」

と、室田は震える声で言った。

「うん。これが俺の義務だからな」

久野は淡々とした口調で言った。

他の署員たちも駆けつけて来て、その光景に唖然《あぜん》としている。

「警部。——銃を渡して下さい」

と、室田は言った。

「署長はな、悪魔の手先だったんだ。殺さなきゃならなかった」

「そんなことが——」

「俺にはまだ任務がある」

と言うと、久野は窓ガラスを、棚に置いてあったゴルフ大会のトロフィーで叩《たた》き割った。

「何するんですか！」

室田は飛び込んだ。

しかし、次の瞬間、久野の体は窓から飛び出していた。

「久野さん！」

室田刑事は割れた窓へと駆け寄った。

ここは四階である。ここから飛び下りたら、無事でいられるわけがない。

室田はガラスの破片に用心しながら、窓から下を見下ろした。

アスファルトの歩道に、久野が倒れている。

しかし、室田は次の瞬間、目を疑った。久野がスッと立ち上がって、平然と歩き出したのである。

室田はゾッとした。——マリが言った通りだ。

久野はもう「この世の人ではない」のだ。すでに死んでしまっているから、もう死ぬこともない。

「——おい！」

と、室田は振り向いて、「久野さんを捕まえろ！」

「え？　飛び下りたら、死んじゃいますよ」

「今、向うへ歩いて行く。早く行け！」

若い刑事が二、三人駆け出して行った。

しかし、室田は久野が通りかかったタクシーに乗ってしまうのを見た。

ここからでは、タクシーのナンバーも分らない。

「畜生！」

室田は、頭を撃たれて死んでいる署長を見ながら、マリの持っているケータイへかけた。

しかし、電波が届かない。

きっと地下鉄にでも乗っているのだろう。

久野はどこへ向ったのだろう？

「まだ任務がある」

と言っていたが……。

何だか疲れたな……。

八田は、会議が終ってもすぐには立ち上がれなかった。何となく、手足に力が入らないのだ。

少し頑張り過ぎたかな、と苦笑する。何しろエリ子は「しつこい」からな。

まあ、もちろんそこがいいところでもあるのだが……。

会議室のお茶を片付けに、新人の女の子が入って来た。そして八田を見ると、

「あ、部長。すみません、もう誰もいらっしゃらないと思って」

「いいんだ。片付けてくれ」

と、八田は肯《うなず》いて見せた。「くたびれたんでね。ちょっと休んでるのさ」

「大変ですね、お忙しくて」

「ああ。雑用が多いんだ。しかし、誰も分っちゃくれないんだよ」

と、八田はため息をついて見せた。

新人の女の子は、せっせと机の上の湯《ゆ》呑《の》み茶碗《ちゃわん》をワゴンにのせている。

——なかなか可愛い子だ。

八田は、いつしかその女の子を欲望を抱いて見ている自分に気付いた。

そうだ。俺は部長なんだ。新人の女の子にとっちゃ、部長に言い寄られるなんて光栄なことだ。

それに、俺を見る目には、明らかに俺への好意が見えている。間違いない。

「——まだお飲みになりますか？」

と、八田の所まで来て訊いた。

「いや、もう片付けていいよ」

「はい」

手を伸して、空の茶碗を取ろうとする。

女の子の腰の辺りが八田のすぐそばにあった。八田は手で女の子の尻《しり》の丸みをつかんだ。

「キャッ！」

女の子が飛び上がるようにして、「何するんですか！」

と叫んだ。

「そうびっくりしなくてもいい」

と、八田はニヤリと笑って、「君だって、俺に気がある。そうだろ？　分ってるんだよ」

女の子は顔を真赤にして、

「冗談じゃない！　何を勘違いしてんのよ！」

と怒鳴った。「私は『おじさん』には興味ないの！」

そして、ワゴンにのせてあった湯呑み茶碗の中で、半分ほどお茶の入ったのを手に取ると、八田の頭からかけたのである。

「おい……。何するんだ！」

「当り前でしょ。自分のしたこと、考えなさいよ！」

ワゴンをその場に置いて、女の子はさっさと会議室から出て行こうとする。

突然、八田の頭に血が上った。抑え切れない怒りが爆発して、

「待て！」

と立ち上がると、その女の子に向って突進した。

会議室の前を通りかかった男の社員二人が、足を止め、

「──今の、何だ？」

「女の子の声だったぜ。『助けて』とか言わなかったか？」

「俺にもそう聞こえたけど……」

二人は顔を見合せ、それから会議室のドアをそっと開けてみた。

「──部長？　何かあったんですか？」

声をかけると、八田が振り向いた。

「どうかしたのか？」

八田は青ざめた顔を汗で光らせていた。

「部長……。何してるんですか」

机の上に、新人の女の子が仰向《あおむ》けに寝かされて、ぐったりしている。そして八田はその

上に覆いかぶさるようにして、両手で女の子の首を絞めていたのだ。

「こいつが生意気な口をきいたんだ。だから正しい口のきき方を教えてやった」

「でも、部長……」

「いいんだ。これも部長の仕事なんだ」

「そんな……。おい！　誰か来てくれ！」

二人はあわてて駆けて行ってしまう。

「――全く、度胸のない奴らだ」

と、八田は息をついた。

もう女の子は息絶えていた。――八田は満足そうに、

「これでいいんだ。女はおとなしくしてなきゃな……」

と呟《つぶや》いた。


マリは〈M商事〉のビルへ入った。

そのときケータイが鳴った。

「もしもし、室田さん？」

「良かった！　何度もかけてたんだ」

と、室田は言った。

「久野さんが何か——」

「署長を射殺して逃げた」

「何ですって？」

室田の話を聞いて、マリは唖然《あぜん》とした。

「もしかすると、そっちへ向ってるのかもしれない。用心しろ」

「分りました。ありがとう」

マリは通話を切って、「やっぱり、何か起こってる」

と呟いた。

そのとき、

「人殺しだ！」

という声が、ロビーに響き渡った。

マリは足を止め、若い社員がビルの受付へとあわてて駆けて来るのを見た。

「一一〇番してくれ！」

いきなりそう言われても、受付の女性はわけが分らずキョトンとしている。

「どうしたんですか？」

「人殺しだ！　八田部長が女子社員の首を絞めて殺した！」

「部長が？」

「早く一一〇番してくれ！」

見ていて、マリは、

「自分でかけりゃいいのに」

と呟いた。

そのとき——エレベーターの扉が開く音がした。

「——部長」

受付の女性が、受話器を取り上げたまま動きを止める。

エレベーターから降りて来たのは八田だった。上着も着ているが、目は暗くギラギラした光を放って、普通ではない。

「おい、どこへ電話するんだ？」

と、八田は受付の女性に言った。

「いえ、別に」

と、女性はあわてて受話器を戻した。

「一一〇番しようとしてたんだな」

「違います、そんな——」

知らせに来た男性の方は、どこかへ隠れてしまっている。マリは腹が立った。

「かけるなら、かけたって構わないんだぞ」

と、八田は手を伸して受付の電話の受話器をつかむと、「さあ、一一〇番しろ！」

「部長……。勘弁して下さい……」

と、女性の方は青くなって震えている。

「どうしたんだ？　俺が怖いか」

と、八田は笑って、「女は甘やかすとすぐつけ上がる。男はな、怖いものなんだ。分ったか！」

と怒鳴ると、電話のコードを引きちぎった。

そして受話器で女性の頭を殴りつけたのである。女性が悲鳴を上げて椅子ごと倒れる。

「やめなさい！」

マリは思わず進み出ていた。

「──何だ？」

八田はマリを見て、「どこの子供だ。俺にそんな口をきくとは──」

「あんたなんか怖くないわ」

と、マリは八田をにらんで、「弱い者いじめしかできないくせに」

「何だと？」

「あんたはただの人形よ」

「人形だと？」

「操られて、強そうに見せてるけど、自分の力じゃないのよ」

「じゃ、ここで俺の力を見せてやろうか」

と、八田はマリの方へと足を踏み出した。

「できやしないわ」

と、マリは言った。「死んだ人間は何もできないわ！」

八田は足を止めた。

「死んだ人間、と言ったか？」

「言ったわ」

「誰のことだ」

「あんたに決まってるじゃないの」

八田は少し引きつったような笑いを浮かべて、

「どうかしてるな、お前。俺がいつ死んだって言うんだ？」

「〈夜雲荘〉でよ」

八田はちょっとギクリとして、

「どうしてその名前を――」

「あんたは死んだの。自分でそのことに気付いていないだけなのよ」

「馬鹿げたこと言うな！」

「じゃ、手首の脈を自分で取ってみなさいよ」

と、マリは指さして、「簡単でしょ？　やってみて」

「ああ。そんなことぐらい……」

八田は右手の指を左手の手首に当てて、「ほら、脈ぐらい――」

と言いかけたが、ちょっと眉《まゆ》をひそめて、

「待て……。うまく当らないな」

と、指先をいろんな風に当ててみる。

「脈なんかないわよ。いくら探したってむだだわ」

「馬鹿言え！　ちゃんとある！」

八田は額に汗を浮かべていた。「見てろ！　俺はちゃんと生きてるんだ！」

八田は必死で脈を探していたが、やがて段々青ざめて来ると、

「そんな……。そんなはずはない！　死ぬなんて、この俺が」

と、かすれた声で言った。

「――分った？　あんたはあの温泉で死んだの。たぶん、一緒だった矢代エリ子さんもね」

「エリ子……。エリ子、俺を助けてくれ！」

八田は突然ガクッと片膝《かたひざ》を床につくと、そのままドッと倒れてしまった。

——ロビーに居合せた人たちは、誰も動こうとしなかった。

「ありがとう……」

受付の女性がカウンターから出て来て言った。頭から血を流している。

「けがしてますよ」

「ええ。——でも大丈夫」

と、ハンカチを出して、血を拭《ぬぐ》う。

「——いや、びっくりしたな！」

と、どこかに隠れていた男性社員がノコノコやって来た。

「ちょっと」

と、受付の女性がにらむと、平手で男の頬をひっぱたいた。

「いてて……」

「情けない奴ね！」

「ごめん……」

「すみません」

と、マリは言った。「矢代エリ子さんの自宅がどこか、分りますか？」

「ええ、すぐ分るわ。ちょっと待って」

受付のパソコンの前に戻ると、キーボードを叩《たた》いて、「——これだわ」

と、メモしてマリに渡す。

「ありがとう」

そのとき、誰かが通報したのだろう、ビルの前にパトカーが停った。

「私、行きます」

マリはメモをしまって、「矢代エリ子さんにどうしても会わなきゃいけないので」

「気を付けて」

マリがビルを出ると、入れ違いに警官たちが中へ駆け込んで行った。

――マリは少しビルから離れてホッとした。

八田がもう死んでいるということに、確信があったわけではない。あのときはああ言うしかなかった。

そして、うまく行った！

八田だけではない。おそらく矢代エリ子も……。

メモを見ると、住所だけでなく、どの電車に乗って行けばいいか、書いてある。

仕方ない。――同じ手が矢代エリ子に通用するかどうか分らないが、ともかく行って、会うのだ。

マリは地下鉄の駅へと急いだ。

「何で出ないのよ」

と、矢代エリ子はふくれっつらで、自分のケータイを見下ろした。

ケータイをにらんだところで、かけた相手に通じるわけはないのだが。

八田のケータイに、さっきからかけているのだが、出てくれない。大方、会議中か何かなのだろうが……。

「つまんないの……」

エリ子は自分のマンションの居間で、ソファに引っくり返っていた。

——あの〈夜雲荘〉って、何だかふしぎな感じの所だった。

妙なじいさんに襲われそうになったり……。

でも、あのおかげで、宿代はタダ！　しかも、次に泊まるときもタダにしてくれるというんだから。

まあ、あれくらいのことは我慢してやろうという気にもなる。

また八田を誘って行こうと思ったのだが、ケータイへかけても出ないんだから、誰か他の男を誘おうかな。

次の宿代もタダ、という話は八田にもしていなかった。黙っていれば分らないだろう。

正直、八田も四十である。いくら元気だといっても、二十代の若者のような逞《たくま》しさはない。

エリ子は八田以外に二人の恋人がいる。むろん、八田は知らない。

一人は同じ二十七歳だが、もう一人は何と大学生！

まだ女に慣れていない二十一歳は、可愛くていい。——あの子を連れて行こうかしら？

きっと喜ぶだろう。

思い立つとすぐ実行に移すのがエリ子の性格で、早速ケータイで大学生の「彼氏」へとかけた。

「——あら、眠そうな声ね。寝てたの？——いえ、ちょっとね、二人で温泉にでも行かないかと思って」

相手は大喜びで、

「飯、出るよね？」

「当り前でしょ。一流旅館よ。お刺身や焼物や——」

「行く！」

「何よ、私より食事が目当て？」

と、エリ子は笑った。

「そうじゃないけど、食べないとスタミナもつかないし」

「頼もしいわね」

と、エリ子は早くも胸をときめかせている。「いつなら出られる？」

「大学なんてサボるよ！　刺身食えるんだろ？」

「じゃあ、明日の午後にでも」

「うん！」

「列車の時間みて、また連絡するわ」

と言っているところへ、玄関のチャイムが鳴った。「誰か来たわ。じゃ、またね」

と、通話を切ると、インタホンの方へ立って行った。

「はい、どなた？」

と、インタホンに出ると、

「突然ごめんなさい。〈夜雲荘〉の女将《おかみ》ですけど」

たった今、恋人と〈夜雲荘〉へ行く話をしていたばかりなので、エリ子もびっくりした。

「まあ……。どうぞ」

――東京まで、何の用で出て来たのかしら？　エリ子は玄関の方へと迎えに出た。

オートロックの扉を入って、エレベーターで上がって来るのに少し時間がかかる。

しかし、ちょっと首をかしげたくなるほど、女将は上がって来なかった。

やっと足音がして、玄関のドアを開けると、女将が旅館にいるときと同じ和服で立っている。

「なかなかみえないので、迷われたのかと思いました」

「ちょっとエレベーターで手間取って……」

と、女将は言って、「上がっても?」

「ええ、どうぞ」

と、エリ子はスリッパを出して置いた。

「お邪魔します」

女将は居間へ入ると、「――もうご存知?」

「え? 何のことですか」

「やっぱり、まだご存知ないんですね」

女将は真顔で肯《うなず》くと、「私も偶然のことで知ったばかりです」

「何か……」

「八田さんのことです。ご一緒にみえた」

「八田さんがどうかしたんですか?」

「亡くなりました」

――エリ子はポカンとしていたが、やがて苦笑して、

「突拍子もないことを……。あの元気な人がそんな――」

「本当です。殺されたんです。お気の毒に」

エリ子は啞然《あぜん》とした。

「それって……本当に？」

「会社へ電話してご覧になるといいですわ」

「ええ……」

エリ子は、ケータイに登録してある同僚の番号へかけた。

「——あ、もしもし。矢代エリ子ですけど。——ええ。あの——八田部長は、社内においでになる？」

しばし、向うは黙っていた。

エリ子は、

「ねえ、どうしたの？」

と訊《き》いた。

「八田さん……亡くなったの」

エリ子の顔から血の気がひく。

呆然《ぼうぜん》としてケータイを切ると、

「これで分りました？」

と、女将が言った。

「でも——誰が？」

「頭のおかしな女の子なんです」

「八田さんを、悪魔に取りつかれている、と言って、殺してしまったんですよ」

「女の子？」

「その女の子が、もしかするとここへも来るかもしれません」

「ひどい……」

「ここへ？　何しに？」

「あなたを殺しに」

と、女将は言って、「もし、来たら上げちゃだめですよ」

「分りました」

エリ子も、やっとショックから立ち直って、ソファに座った。

「八田さんが……」

「お気の毒です」

「その女の子が確かにやったんですね」

「ええ。――あなたは八田さんを愛してらしたんでしょ？」

「もちろん……」

「じゃ、八田さんを殺した女の子が憎いでしょう」

「ええ、とても！」

「殺したいくらいに？」

「ええ、殺したいくらい……」

と、エリ子は言っていた。

そのとき、玄関のチャイムが鳴って、エリ子はハッと身をこわばらせた。

12　憎悪の渦

　矢代エリ子は、ためらいながらインタホンに出た。

「——はい。どなた？」

「警察の者だ」

　と、男の声がした。

　エリ子は〈夜雲荘〉の女将の方を振り返った。女将は肯《うなず》いて、

「大丈夫。味方よ」

　と言った。

　——玄関のドアを開けると、

「お待たせしたかな？」

「久野さん。どうぞ」

　と、女将が微笑む。

　女将はエリ子に久野を引き合せると、

「間に合って良かったわ。例の女の子がここへ来るはずよ」

と言った。

「でも――」

と、エリ子はやや不服そうに、「八田さんを殺した、そのマリって子に、私、自分の手で仕返ししてやりたいんです」

「いいとも」

と、久野は肯いた。「手伝ってやろう」

「本当ですか？」

「ああ。――ただ殺してはつまらない。うんと苦しめてやらないとな」

「もちろんです！　そんな子を放っといたら、世の中のためになりません」

久野は笑って、

「世の中のため、か。全くだ」

「でもね、油断しないで」

と、女将《おかみ》が真顔で、「八田さんはあの子にやられたわ。甘く見ない方がいい」

「どうだろう」

と、久野は言った。「例の北岡竜介だが、まだエネルギーは残っているかな」

「ええ、溢《あふ》れるほどね」

「マリをあの北岡の思うままにさせよう。何といっても若い娘のことだ。北岡への憎しみに燃えるだろう」

「それはいい考えだわ」

と、女将は肯いた。「天使が人間を憎む。一番望ましい状況ね」

「北岡って……」

「旅館で、あなたに失礼なことをした年寄りよ」

「ああ。でも、ここへ連れて来るんですか？」

エリ子はやや不安げだ。

「心配しないで。あなたには手を出させないわ。——こうしましょう。マリがここへ来るのを遅らせて、その間に北岡と、あの女の子もここへ呼ぶわ」

「ああ、青木美樹といったか」

「あの子がこっちの手中にあれば、マリも手出しできないでしょう」

「よし。いっそ、松永邦子も連れて来て、マリをみんなで料理してやろう」

と、久野は笑った。

久野の口から、何とも言えずいやな臭いがして、エリ子は顔をそむけた。息がくさいといっても、これは普通じゃないわ。

「早速連絡しましょう」

と、女将は言った。

久野と女将は、自分たちの計画に夢中で、エリ子の様子には気付かなかった。

エリ子はふと、久野の上着の左肘《ひだりひじ》のところが破れているのに気付いた。――その破れ目に何か白いものが覗《のぞ》いている。

しばらく眺めていて、エリ子は一瞬青ざめた。

まさか……。あの、肘のところから突き出ている白いものは、骨だわ！

肉が裂けて、骨が飛び出ている。でも、久野は少しも痛みなど感じていないらしい。

そんな……。エリ子はゾッとした。

こんなこと、あり得ないわ！


急に電車のスピードが落ちた。

マリは顔を上げて、窓の外を見た。

「恐れ入ります」

と、車内にアナウンスが流れた。「濃霧のため視界が悪く、徐行運転いたします」

電車の乗客たちは、みんな外へ目をやって、

「どうしたんだ？」

「凄《すご》い霧だ！」

と、声を上げている。

マリは、霧が電車をスッポリと包み込んでいるのを見て、いやな予感がした。

こんな所に突然霧が出るなんて、不自然だ。電車はついに停ってしまった。

矢代エリ子の所へマリが行くのを、誰かが妨害しているのだ。

「——参ったな」

「急ぐんだよ、俺」

と、グチがあちこちで聞こえる。

時間を稼いでいる。何をしようとしているのだろう？

マリも内心焦っていたが、どうすることもできない。

電車は霧に包まれて、全く動けなかった。五分、十分……。

霧は晴れる気配がない。

「歩くぞ！」

よほど急ぎの仕事を抱えているのか、中年のサラリーマンが一人、席を立つと、非常用レバーを引いて扉を開けた。

「危いですよ！」

と、マリは声をかけたが、男は電車から飛び下りた。

少し間を置いて、

「俺も行こう」

と、若者が一人、電車から出て行く。

それをきっかけに、五人、六人と外へ出る客が続いた。

しかし、さすがにほとんどの乗客は車内に残っている。一メートル先も見えないほどの霧の中を歩く気にはなれないのだろう。

マリは、霧の中から人の声が聞こえて来るのに気付いた。

そうか。この車両だけのはずはない。他の車両でも同じようなことは起こっているだろう。

そうなると、かなりの数の乗客が……。

「あの音……」

マリは耳を澄ました。何かが近付いて来る音。いや、響きだ。

「まさか!」

マリは青ざめた。——どこから走って来るのか?

マリは電車から飛び下りて、レールに手を当ててみた。

今、電車が停っている線路と、隣の線路。かすかな震動が伝わって来る。

隣の線路だ。

「電車が来ます!」

と、マリは霧の中へ向って叫んだ。「隣の線路を走って来ます!」

聞こえているだろうか？

「早く逃げて！」

と、マリは叫んだ。「電車の中へ戻って下さい！」

あわてている声がする。

「どっちだ？　電車はどこだ！」

霧の中で方向感覚を失っているのだ。

マリは、

「電車が来ます！」

と、必死で叫び続けた。「早く戻って！」

ゴーッという電車の音は、もうはっきり聞こえていた。しかし、電車が見えないので、霧の中で右往左往する人々には、どっちから電車が走って来るのかさえ分らないのだ。

このまま電車が走って来たら、大勢の人がはねられるかひき殺されてしまう！

――どうしよう？

マリは立ちすくんだ。

そのとき、

「電車を停めろ」

という声がした。

人間の声ではなかった。「大天使様？　見てないで、何とかして下さい！」

「お前が何とかするのだ」

「だって――」

「人間を救うのがお前の仕事だ」

「分ってますけど、今は――」

「見殺しにするのか、その人間たちを」

マリはハッとした。私は天使だ。

「分りました」

時間がない！　マリは電車が走って来る方向へと、線路を辿《たど》って駆け出した。

目の前に立ちすくんでいる人間は、停っている車両の方へ押しやり、走り続けた。

やがて、正面に電車のライトが白くにじんで見えて来た。霧でスピードは落としている
が、停る気配はない。

「停って！」

マリは両手を大きく振って叫んだ。

しかし、聞こえるはずもない。――その電車の運転士がマリに気付くとしたら、それは
マリをはねる瞬間だろう。

そのとき急ブレーキをかけたら……。果たしてあの乗客たちの手前で停るかどうか。

しかし、今は他に方法がない。

マリは覚悟した。——死んでもまた天使になれる。でも死の瞬間は、どんなに痛く苦しいだろう。

あの〈夜雲荘〉の女将《おかみ》たちの企《たくら》みを防ぎたかった。でも仕方ない。

「大天使様！　後をお願いします！」

と、マリは叫んで、走って来る電車の前に両手を大きく広げて立った。

ポチ、元気でね！　心の中で言った。

電車が目の前に迫って、マリは思わず目を閉じた。そして……。

——え？　どうしたの？

ショックも苦痛もない。——死ぬって、こんなものなの？

マリは目を開けた。

目の前——わずか数センチで、電車が停っている。こんなことって……。

「やれやれ」

と、大天使の声がした。「苦労したぞ、停めるのには」

「間に合ったんですか？」

「普通なら間に合わん。急ブレーキをかけた瞬間に、時間の歩みをのろくして引き延ばしたのだ」

「じゃあ……助かったんですね」

電車の運転士が青くなって降りて来る。

「おい、大丈夫か！」

「この先の線路に乗客が降りてます！　霧が消えるまで待って下さい！」

と、マリは言った。

「分った。――しかし、よく停ったもんだ」

運転士は冷汗を拭《ぬぐ》った。

マリは空へ目を向けて、

「大天使様、ありがとうございます」

と、小声で言った。

「戦いはこれからだ」

と、声が返って来た。「お前は今の試練で力を身につけた。しっかりやれ」

「はい！」

マリは力強く答えた。

「やあ！　霧が晴れて来た」

と、運転士が言った。

振り返ると、あれほど濃かった霧が、見る見る消えて行く。線路の中で呆然《ぼうぜん》としている人々は何十人もいた。あそこへこの電車が走って行っていたら——。マリはゾッとした。

「ありがとう！　君のおかげだ」

運転士がマリの手を固く握った。その手はじっとりと汗で濡《ぬ》れていた。


ポチは目を開けた。

あいつ、何か言ったかな？

マリの声が聞こえたような気がしたのだ。ここにゃいないのにな。

ポチは青木の家で一人、寝そべっていた。青木昭吉は妻の入院している病院へ行ってしまった。

ポチ、元気でね！——確かそんな風に聞こえたが。

「おい、お呼びだ」

と、別の声がして、ポチは飛び起きた。

「兄貴ですか！」

「矢代エリ子のマンションへ行け」

と、その黒い影は言った。「仲間が待っている」

「行ってどうするんですか？」

「行けば分る」

「はあ」

「あの邪魔な天使は今、電車にひかれて死んだ」

「電車に？」

「馬鹿な奴だ。もう邪魔する者はない。我らの行動は世の中を大混乱に陥れるだろう」

マリが……。そうか。

ポチ、元気でね！——マリは死ぬ瞬間にそう言ったのだ。

「急げ」

と、影が言った。「お前にも役目が与えられる。うまくやりとげれば地獄へ戻れるぞ」

「はい」

ポチは立ち上がり、ブルブルッと頭を振って玄関へと向った。鍵《かぎ》が自然に開き、ドアが開く。

ポチは廊下へと出た。そして階段を素早く駆け下りて行った。

「いらっしゃいませ」

デパートの女性服の売場。

若い子向けに人気のあるブティックの女店員は、フラッとやって来た客に、笑顔を向けた。

「お珍しいですね。何かお捜しですか？」

と言ったのは、その客が制服の警官だったからだ。

「よく売れるかね」

と、その警官は言った。

「今、雑誌やTVで話題のブランドなので」

と、女店員が言った。

「そうか」

警官は肯いて、「話題になるのはいいことだな」

「ええ、宣伝になって」

「もっと話題になるようにしてやろう」

警官は腰の拳銃《けんじゅう》を抜くと、女店員の額に銃口を向け、引金を引いた。


何かが起こっている。

マリは、矢代エリ子のマンションへ行くために電車を降りて、すぐに気付いた。

ホームにいる人々の様子が普通ではない。不安げで、どうしていいか分らない、といった風だ。

駅を出ようとして、改札口の所に立っている駅員へ、

「何かあったんですか?」

と訊《き》いた。

「わけが分らないよ」

と、駅員も途方に暮れているようで、「突然、あちこちで警官が人を殺し始めたんだ。デパートで五人も殺されて、他にも、商店街や駅の構内でも殺されてる」

「警官が?」

「一体何人の警官がおかしくなっちまったのか、それも分らないらしいよ。偽者じゃないんだ。本物の警官なんだって。みんな家に入って外へ出るな、ってTVで言ってる」

マリは寒気がした。——あの〈夜雲荘〉に久野と一緒に行った警官たちだ。

本人たちはすでに死んでいて、人形のように操られている。

「君も早く帰って、じっとしてた方がいいよ」

と、駅員が言った。

「ありがとう」

マリは駅を出て、地図を頼りに矢代エリ子のマンションへと向った。

途中、ショッピングモールの入口で、大型TVがニュースを映し出していた。

「銀座通りで、通行人三人を射殺、四人に重傷を負わせた警官は、駆けつけた丸の内署員に射殺されました」

ニュースを読むアナウンサーの声も震えている。「他に、分っているだけで都内七か所で、同様の警官による乱射事件が起こっています。原因は全く不明で……」

犯人も本当の警官なのだ。逮捕しようとしても、どう見分けていいか分るまい。

放っておけば、どんどん被害者が増える。マリは足を速めた。

「電車を停めた？」

久野が訊き返した。「本当か」

「ニュースでやっていましたよ」

と、〈夜雲荘〉の女将《おかみ》が言った。「あのマリって子は生きてます。ここへ向っていますよ」

「そうか。それなら却《かえ》って楽しめるというものだ」

と、久野は口元に冷ややかな笑みを浮かべた。

玄関のチャイムが鳴って、女将が出た。

「『援軍』が来ましたよ」

「そうか」

——矢代エリ子は、自分の部屋の隅に座って、目の前で何が起っているのか、理解しようと必死だった。

ともかく、あの久野という男は「普通じゃない」。骨が折れ、肉を突き破っていても、少しも痛みを感じないようだ。

それに——今になって気付いたのだが、あの女将の着物に飛んでいる赤い「しみ」。初めは模様なのかと思っていたが、その内ふと気付いた。

あれは飛び散った血だ！

この人たちは何だろう？　いや、そもそも「人」なのかどうか……。

玄関で声がして、上がって来たのは、あの老人だった。エリ子は一瞬、ギョッとして身を縮めた。

そして松永邦子。もう一人、まだ中学生くらいの女の子……。

エリ子は、その女の子がどこか他の人たちと違っていることに気付いた。

「もう少し待て。存分に楽しませてやる」

と、久野が言って笑った。

たまたま久野のそばにいた女の子は、ちょっと顔をしかめた。あの臭いに気付いているのだ。

エリ子は立ち上がると、

「お茶でもいれましょうか」

と言った。「ね、手伝ってくれる？」

女の子に声をかけてみた。

「はい」

女の子がホッとしたように、台所へやって来た。

「私、矢代エリ子よ。この部屋に住んでるの」

「青木美樹です」

「よろしくね。――その棚に湯呑《ゆの》み茶碗《ちゃわん》が入ってるから、出してくれる？」

「はい」

「あんまり使わないから、ザッと洗いましょうね。あなた、拭《ふ》いてくれる？」

「ええ」

流しの前に並んで立ち、水を一杯に出すと、水音で二人の声は他の面々には聞こえないはずだ。

「あなた、あの人たちと一緒？」

と、エリ子は訊いた。

「え？」

「あの人たち、何だか変でしょ？　息がくさいし……」

「ええ……。私も我慢できなくて」

「私は大丈夫?」

「臭いませんよ」

「あなたもよ。——あの人たち、自分じゃ分らないのね」

エリ子はそう言って、チラッと女将の方を見た。「あなたも〈夜雲荘〉にいるの?」

「ええ。連れて行かれたんです」

「さらわれた、ってこと?」

「まあ、そうだけど……。家へ帰りたくなくって」

と、美樹は言った。

「私……怖いわ。ここで何が起こるのか」

と、エリ子は言って、「さあ、お茶を持って行きましょ。怪しまれるわ」

「悪い人なの、あの人たち?」

「分らないけど……。正義の味方にゃ見えないわね」

エリ子は盆にお茶をのせて、運んで行った。

「——どうぞ、お茶を一つ」

「ありがとう」

女将は微笑んだ。

そのとき、玄関のドアの向うで犬の吠《ほ》えるのが聞こえた。

「犬だ」

と、美樹が言うと、女将が行ってドアを開ける。

黒い犬がスルリと中へ入って来た。

「ポチ！」

と、美樹が目を丸くした。「ポチだよね！」

「何だ、お前か」

ポチは上がり込んで、「ずいぶん狭苦しい司令部だな」

むろん、美樹にはポチの話していることは分らない。美樹は嬉《うれ》しくなり、ポチの頭をなでて、

「お前、何しに来たの？」

と、声をかけた。

ポチはやや複雑な心境だ。美樹が見せられた、母親と家庭教師のラブシーンのビデオは、ポチが撮ったものだ。

「おめでたい奴だな、お前も」

と、ポチはそっぽを向いてため息をついた。

マリは身震いした。

矢代エリ子のマンションに近付くにつれ、急激に冷気がやって来た。マンション全体が無気味な冷気に包まれている。

マリはマンションの前に立って、建物を見上げた。マンションの真上に、雲が渦を巻いている。

マリは深く息をついて、気持を落ち着かせると、マンションのロビーへと入って行った。

すると、甲高い悲鳴が聞こえて、中からエプロンをつけた奥さんが真青になって駆けて来た。

「誰か――。人殺し！　人殺しよ！」

と上ずった声を上げる。「誰か一一〇番して！」

マリはその奥さんの腕を取って、

「どこで殺されてるんですか？」

と訊《き》いた。

「その奥の――ゴミ置場に」

「オートロックですね。開けてくれます？」

「これを……」

震える手でカードを渡してくれる。「私、近寄りたくない！」

マリはカードでロックを開けると、中へ入った。廊下の突き当たりのドアが開いたままだ。

中を覗《のぞ》いて、息を呑《の》んだ。――無残に引き裂かれた死体。

まだ若い、たぶん二十五、六の女性である。

矢代エリ子がやったのではないだろう。きっと、彼女の部屋に久野や〈夜雲荘〉の女将《おかみ》が集まっているのだ。

「私一人で倒せるのかしら……」

マリは呟《つぶや》いた。

そうだ。――さっき電車にひかれて死ぬつもりだった。あそこで死んだと思えば……。

理屈はそうだが、自分がこんな目にあうのかと思うと、やはり怖い。

そのとき、マリはあのコンビニの近藤唯のことを、そして入院している安原恵のことを思い出した。

あの人たちのためにも、しっかりしなくては！

「――どうした？」

マリはケータイで室田刑事へかけた。

「今、矢代エリ子のマンションの一階です」

「大変なことになってる。知ってるか」

「ええ。あの人たちは——」

「〈夜雲荘〉へ久野さんと一緒に行った連中だ」

「やはりそうですか」

「射殺すると、一度は倒れるんだが、また少したつと起き上がって来るんだ。みんな逃げ回ってる」

「もう死んでるんですから。射殺してもむだですよ」

「しかし、どうすりゃいいんだ？」

と、室田刑事は途方に暮れている。

「今、〈夜雲荘〉は空になってると思うんです。あそこを焼いて下さい」

「焼く？　火をつけるのか」

「火で浄《きよ》めるしかありません。少なくとも、他に帰る場所を探さないといけなくなります」

「分った。すぐ指示する」

「やってもらえますか？」

「この混乱の中だ。何でもするさ」

「普通のお客がいないか、確かめて下さいね」

「分った。——そっちは大丈夫か」

「大丈夫じゃありませんけど、これが役目です」

「手助けに行こうか」

「室田さんまでが久野さんみたいになったら困ります。ここは私一人で」

「そうか。――頑張れよ」

「生きてお会いできないかもしれませんけど、後をよろしく」

「分った」

「あの――ポチが野犬として捕まらないようにしてやって下さい。食べ物にすぐ引っかかるんで」

「ああ、任せてくれ」

「じゃ……」

マリはケータイを切った。

チャイムが鳴った。

「来たな」

と、久野は言って、「おい、上がって来るように言え」

と、エリ子に命じた。

エリ子は立って行って、インタホンに出た。

「はい。どなた?」

「マリと言います」

「どうぞ」

オートロックのボタンを押す。

「おい」

久野は女将の方を見て、「エレベーターの所で出迎えよう。何か小細工するかもしれない」

「ええ」

と、女将は肯いて、「じゃ、ちゃんと見張ってるのよ」

「任せて下さい」

と、松永邦子が言った。

エリ子は、あの老人——北岡竜介に押え付けられ、怯《おび》えて青ざめ、震えている美樹を見て、胸が痛んだ。しかし、自分の力ではどうすることもできない。

「ポチ……。助けて」

美樹はポチの方へ、すがるような目を向けたが、

「馬鹿な奴だ」

と、北岡が笑って、「この犬も俺たちの仲間だぞ。知らなかったのか」

ポチは知らん顔をして、隅で寝たふりをしていた。

――久野と女将は部屋を出ると、エレベーターの前まで行って、マリが上がって来るのを待った。

「何をグズグズしてる」

「今来ますよ。――ほら」

ブーンとモーターの音がして、エレベーターが上がって来た。

「あの生意気な小娘も、天使とはいっても体は人間だ。あの美樹って子を押えてる限り、手は出せまい」

「マリの方も、あの年寄りに任せますか」

「二人ともか？　いや、こっちは俺が引き受けた」

久野はニヤリと笑った。

エレベーターが停って、扉がガラガラと開く。

しかし――中は空だった。

「どういうことだ？」

と、久野は愕然《がくぜん》とした。

「戻りましょう！」

と、女将が言った。

突然、ベランダへ出るガラス戸が、音をたてて砕けた。

「何だ?」

北岡が思わず立ち上がって、とっさに美樹はその手から逃れ出た。

ポチは顔を上げた。

部屋の中に、コンクリートブロックが転がっていた。

あいつ、やったな。——ポチは立ち上がった。

「どうしたの?」

松永邦子が、床に転がっているコンクリートブロックを見て、「どこからこんな物が?」

「俺は知らん」

と、北岡竜介は立ちすくんでいる。

その間に、北岡の手から逃れた美樹が矢代エリ子の方へ駆けて来て、しっかりと抱きついた。エリ子は腕の中で震えている美樹を抱きしめたとき、今まで経験したことのない感情が胸を熱くするのを覚えた。

この子は私に助けを求めて来てる。こんな私に!

それはエリ子の知らない充実感だった。

私が守ってあげる! エリ子は、北岡と邦子が呆然《ぼうぜん》と突っ立っているのを見て、

「こっちへ来て」

と、美樹の耳もとへ囁《ささや》き、玄関の方へ連れて行った。

突然、腕をつかまれてギョッとする。

「マリさん！」

と、美樹が顔を上げて言った。

マリが全身びしょ濡《ぬ》れになって立っている。

「大丈夫？　あの旅館の女将《おかみ》は？」

「久野って人と二人でエレベーターの所に」

「中は？」

「北岡ってじいさんと松永とかいう女」

マリはそれを聞くと、素早く玄関の鍵《かぎ》をかけ、

「お風呂場《ふろば》へ！」

と、二人を押しやった。

「でも――」

「お風呂場の窓からベランダへ出て、隣の部屋へ逃げて！」

問答無用で、マリは美樹とエリ子を浴室へと押し込み、ドアを閉めた。

マリが部屋へ入って行くと、北岡と邦子がやっと振り向いた。

「何だ、お前は」

マリは、台所の流しの方へと動きながら、

「悪魔に魂を売ったんですね、二人とも」

と言った。「後悔しても、もう間に合いませんよ!」

「何を言うか。俺の体を元に戻すことなど、他の誰もしてはくれなかった」

「主人の浮気を罰するには、ああするしかなかったわ」

と、邦子は言った。

「そうして、あなた方は何をしたんですか? 人を傷つけ、殺しただけじゃありませんか。北岡さん、あなたはお孫さんにまで、あんなひどいことを」

マリは後ろ手で、ガステーブルのスイッチをひねった。ガスの噴き出す音がする。

「あなた方は、ただ悪魔に利用されただけです! 起こりそうもないことを起こして、世間の人々を不安に陥れるための道具なんですよ」

「それがどうした。俺のことを粗末にしおった家の奴らに、仕返しして何が悪い!」

「あなたの子や孫でしょう。あなたのことは、ただ恐ろしい野獣のような思い出しか残らないんですよ。それが望みなんですか?」

玄関のドアのノブがカチャカチャと鳴った。

「ロックしたな」

と、ドアの表で、久野が苛立《いらだ》たしげに言った。「生意気な奴め！」

「心配いりません」

と、女将が微笑んで、ドアのノブに手をかざした。

ゆっくりと手を回すと、鍵が回ってカチャリと開いた。

マリは鍵が開く音を聞いた。

そんなことはたやすいだろうと分っていた。でも、時間が……。何とか、もう少し時間があれば。

そのとき、ポチが部屋の隅から眺めているのに気付いて、マリはハッとした。

ポチ。お願い！　黙っていて！

玄関のドアが開いて、久野と女将が入って来た。

「うまく中へ入り込んだな」

と、久野がマリを見て言った。

「あの女の子は？」

と、女将が北岡に訊《き》く。

「それが……。逃げちまって」

「情ないね！　私に言われたこともできないの？」

女将の目に怒りが燃え上がると、突然北岡は呻《うめ》き声を上げて倒れた。糸の切れた人形のように、動くこともできずに喘《あえ》いでいるだけだ。

病人の状態に戻されたのだ。――女将はポチの方を向いた。

「女の子は？」

「風呂場から逃げたようで」

「黙って見ていたの？」

「すんません。ちょっと居眠りしてて」

――ポチ、お願いよ。黙ってて！

マリにはポチが気付いていると分っていた。

匂いに敏感なポチが、ガスの匂いに気付かないわけはない。マリは後ろへ回した手に、隣の家から失敬して来た使い捨てのライターを握っていた。

少しでも時間を稼ぎたい。「確実に」相手を倒すために。

「こんな天使一人でどうしようというんだ」

と、久野は笑った。

「待って」

女将が眉《まゆ》をひそめて、「何か――おかしくない？」

邦子が目を見開いて、

「ガスの匂いが――」

と言いかける。

「貴様！　何を隠してる！」

久野がマリの方へ飛びかかろうとした。

マリはライターを点火した。同時に、つかみかかって来る久野をよけて身をかがめた。

漏れていたガスが一瞬炎となって部屋へ広がった。マリは床へ突っ伏していた。

炎がマリの頭上を通り過ぎて、久野や女将を包んだ。邦子が両手で顔を覆って悲鳴を上げる。

炎はたちまちカーテンや壁紙に移って、部屋を呑《の》み込んで行った。

「おい！」

ポチがマリの腕をくわえた。「ベランダへ出ろ！」

炎が床に広がらなかったので、マリとポチはまだ大丈夫だった。しかし、すぐに雑誌やテーブルクロスが燃え始める。

マリはポチと共に、ベランダへの戸を開けて転がり出た。

次の瞬間、爆発が起きた。

「キャッ！」

マリは手すりを越えて投げ出された。落ちて行く一瞬、ポチの黒い体が手すりを飛び越えるのが目に入った。

死ぬんだ、と思った。

落ちて死ぬならアッという間だろう。

あの部屋から炎と共に、ガラスが砕けて飛び散るのが見えた。それは日射しの中でキラキラと光った。

きれいだ、と思ったとき、マリの体は地面に叩《たた》きつけられ、すべては闇に閉ざされてしまった……。

エピローグ　旅路

ああ……。

ここ、天国？　何だか記憶にある天国とずいぶん違うけど。

天国も「再開発」で、「何とかヒルズ」なんかできたのかしら？

「あ……痛い」

ちょっと身動きすると、体中があちこち痛んだ。――おかしいな。どうしてこんなに痛いの？

「気が付いたか」

と、声がして、ぼやけていた視界がくっきりとピントを合せた。

「室田さん？」

室田刑事が覗《のぞ》き込むようにしてマリを見ていたのだ。

「良かったね、助かって」

「私……死ななかったの？」

マリは、病院のベッドに横になっている自分に気付いた。

うになる」

「植込みの中に落ちたんだよ。三か所ほど骨にひびが入ってるが、大丈夫。じき歩けるよ

「なんだ……」

と、マリは息をついて、「そうだ！　ポチは？　一緒にベランダから落ちたんですけど、どうなりました？」

室田がニヤリと笑って、黙って病室の隅を指さした。マリがゆっくり頭をめぐらすと、ポチが前肢《まえあし》の片方を包帯で巻かれて寝そべっている。

「あんたも生きてたのね！」

「本当なら病室に入れちゃいけないんだが、特に許可をもらった」

と、室田が言った。「傷は大したことないよ」

「悪運が強いんだから」

と、マリが言うと、ポチが、

「悪魔の悪運が強いのは当たり前だ」

と言い返した……。

「室田さん。どうなったんですか、その後？」

マリは怖いような気持ちで訊いた。

「あの〈夜雲荘〉の女将《おかみ》、久野さん、北岡竜介、それに松永邦子。——みんな炎に包まれ

て死んだ。いや、『滅びた』と言うべきかな」

「じゃ、事件は……」

「銃を乱射していた警官たちも、時を同じくして、炎に包まれて滅びた。――一体何が起こったのか、科学者たちは必死で理屈をこね回しているよ」

と、室田は微笑んで言った。

「じゃあ……良かった！　美樹ちゃんも無事だったんですね」

「うん。青木家はまた元の通りに暮しているよ」

マリはホッとした。

「安心したら、お腹が空《す》いちゃった」

「それはそうだろう。君は一週間も意識がなかったんだからな」

「一週間？」

「君を天国へ戻すかどうか、もめてたんじゃないのか」

「そうですね、きっと」

と、マリは笑って言うと、「――室田さん。私を信じてくれてありがとう」

「信じるとも」

と、室田は言った。「僕も元は天使だった」

「え？」

「君のように地上へ研修に来て、人間の娘と恋に落ちてね。天国へ戻るのを諦《あきら》めて、その娘と結婚したんだ」

マリはびっくりして言葉もなかったが、

「そんなこと……。じゃ、今の奥さんと？」

「ああ。子供も二人いて、幸せだよ」

「そうか……。いいなあ、羨《うらやま》しい」

と、マリは天井を見上げて、「私もそんな恋がしたい……」

と呟《つぶや》いた。

「また見舞に来るよ」

室田は病室を出ようとして、「そうそう。安原恵さんも、女将たちが滅びると意識が戻ったそうだ。〈夜雲荘〉も燃えて灰になっているよ」

と言った。

——ドアが閉ると、マリはポチの方へ向いて、

「ポチ、ありがとう」

と、声をかけた。「あのとき、私がガスを出して火をつけようとしてるの、黙っててくれたね」

「寝起きで、ボーッとしてたんだ」

「へえ。でも、私をくわえて助けてくれたじゃない」

「一人で飛び下りたら死ぬと思ったんだ。お前の上に落ちたら助かると思った。落ちそこなったけどな」

「そういうことにしておくよ。でも、地獄の方にはまずくないの?」

「地獄はここんとこ、人間のやることがひどいんで大忙しさ。俺のことなんか、構っちゃいられないよ」

ポチは大欠伸《おおあくび》して、「しかし、この病院の飯はまずいぜ!　おい、うな丼の出前でも頼め。どうせ警察の払いだ」

と言った……。

「退院おめでとう!」

病室のドアが開いて、青木美樹が花束を手に入って来た。

「美樹ちゃん!　元気になったね」

マリは、青木家で買い揃えてくれた服に着替えていた。

「マリさんのおかげ。――ポチも元気になったし。ね、うちにずっといてね!」

と、美樹は言った。「お母さん、遅いな。ここで待ち合せてるんだけど。――ちょっと下を見て来るね」

美樹は急いで病室を出て行った。

マリはポチの方へ目をやって、

「ポチ——」

「分ってるよ」

ポチは伸びをして、「また出かけるんだろ」

二人は病室を出ると、階段で一階まで下り、裏の出口から表に出た。

早春の日射しは優しかった。

「あのとき私が死んでたら、あんたも青木さんの所でのんびりできたのにね」

「死ぬ気なんかなかったくせに」

と、ポチが言った。「ちゃんと水をかぶってたじゃねえか」

「え？　あれは違うわよ。お風呂場《ふろば》の窓から入ったら、真下が浴槽で、水が入ったままだったの。それでずぶ濡《ぬ》れになっちゃったのよ！」

「怪しいもんだ」

「天使は嘘をつかないわ」

「それが嘘だろ」

「何よ！」

と、ふくれて見せて、マリはやがて笑い出した。

でも、マリは「生きていて良かった」と思った。人間の世界は、色々悲しいことも、ひどいこともあるけれど、それさえもいとおしい。

そう。もう少し、このポチと一緒に人間界を旅してみよう。

あてはなかったが、マリの足取りは軽く、早くも吹いて来る春の風で飛んで行きそうだった……。

解説

山前　譲

数多い赤川作品のシリーズ・キャラクターのなかでも、〈天使と悪魔〉シリーズのふたり……いや、ひとりと一匹ほどユニークなコンビは他にいないでしょう。十六、七歳の可愛い女の子と大きな真っ黒い犬という、見かけとしてはさほど変わったところはありません。マリにポチと、名前もいたって平凡です。しかし、その正体は本物の天使と悪魔なのですから、最初は驚かされました。

赤川作品には、『セーラー服と機関銃』の星泉のように、十七歳前後の女の子がよく登場します。みんな個性的ですが、せいぜい機関銃をぶっぱなすくらいでした。マリのように、本業が天使というシリーズ・キャラクターは他にいません。

また、三毛猫ホームズや〈花嫁〉シリーズのドン・ファンと、動物も大活躍の赤川作品ですが、人間の言葉を喋《しゃべ》ったりするといった、超ネコ的な、あるいは超イヌ的なシリーズ・キャラクターは登場していませんでした。ところが、ポチはマリと会話ができますし、話すことは無理でも、人間の言葉もちゃんと理解しているのです。

本書『悪魔のささやき、天使の寝言』は、そのマリとポチのコンビの七作目になります。前作の『天使に涙とほほえみを』からはちょっと間が空いてしまいましたが、相変わらずの放浪生活で、仕事もなく、今日の寝床は物置でした。

その夜、パトカーのサイレンで目が覚めてしまいます。起きてしまえば眠気よりも食い気、賞味期限切れの弁当をわけてもらおうと向かったのはコンビニです。本当はいけないのですが、幸いにも親切な店員が二個わけてくれました。

やっとお腹を満たした直後、そのコンビニが「ひどい状態」になっていると聞いて駆けつけてみると、さっきの店員がペットボトルの山の下敷きになっています。ポチと一緒に助け出してみると、店を荒らしたのは七十すぎのおじいさんとか。ようやく親切な三人家族のところにお世話になることができたマリは（もちろんポチともども）、その事件に邪悪な意志を感じるのでした。ひょっとして……。

本職は下級天使ですが、天国であまりのんびりしすぎたので（会計係だった時に計算で一桁《ひとけた》間違えたせいとも）、人間のことを学んでこいと地上研修に出されたのがマリです。ただし、研修期間がどれくらいなのか、あるいは何か修了試験のようなものがあるのかどうかは定かではありません。

一方、成績不良で地獄から叩《たた》き出されたのがポチで、こちらはちゃんと目標があります。天使をひとり道連れにすれば、地獄に帰れるのです。たまたま人間界で一緒になったマリと旅をしていますが、そのマリが「人間なんて、信じられない」と叫んだらこっちのもの。天使の役目を放棄したことになって、地獄へ連れて行けるのです。そして、家来として永遠に地獄でこき使えると言われていました。

旅は道連れとはいえ、それぞれの事情がある天使と悪魔の駆け引きもまたこのシリーズの楽しみとなっていましたが、これはなにも天国と地獄の勢力争いといったような、実社会とかけはなれたシチュエーションではありません。天使が人間の心にある「善」を、そして悪魔が「悪」を象徴しているのは明らかでしょう（蛇足ながら、赤川さんには『天国と地獄』と題した長編がありますが、これもちゃんと人間界を舞台にしたサスペンス・ミステリーでした）。

人間の本性が基本的に善であるという性善説は、中国の孟子の思想に由来します。人間は先天的に善を行う道徳的本性をもっているというものです。一方で荀子が、人間の本性としての利己的欲求に着目して、性悪説を唱えるのでした。性善説に従えば、その本性を見失うことで人間は悪への道を歩み、性悪説に従えば、成長とともに善を学んで、人間は利己的欲求を抑えていくことになります。

いずれも紀元前の思想ですが、どちらが本質を捉《とら》えているのか、結論を出すようなことではないかもしれません。ただ、人間の心に「善」と「悪」の両方が存在しうることは、孟子も荀子も前提として認めていたはずです。当然ながら、今も「善」と「悪」を意識しない時はありません。マリはその「善」を人間社会での研修で確認し、ポチはその「悪」を人間社会から拾い上げて、マリに見せようとします。

マリは『天使は神にあらず』で、「人間って、付合えば付合うほど、可愛いっていうか、哀れっていうか……。悪いことして、地獄へ行くなあ、この人、とか思っても、どうしても憎めないんですよね。生れた時までさかのぼってみれば、みんな同じ赤ん坊で……」と話していました。

一方ポチは、天使は大体がお人好《ひとよ》しだとして、悪魔らしく（？）シビアに人間界を見ています。「人間って奴は、そう単純じゃないぜ。尽くしてやっても裏切られる。愛しても苦しめられる」（『天使と悪魔』）とか、「金のある所、必ず人間の欲ってやつが浮き出して来る。水の面に、汚れた油が浮くようにね」（『天使は神にあらず』）と――もっとも、悪魔としては人間が悪いことをしようとしているのを止めてはいけないのに、ついつい善行をしてしまうので、なかなか地獄には帰れないのですが。

そんな人間の心に抱えている「善」と「悪」に注目してみると、このシリーズのテーマはしだいに姿を変えているようです。

刑事のマンションのお風呂《ふろ》にマリとポチが出現した第一作『天使と悪魔』は、許されない恋愛や恐喝が「悪」を高めていきます。独身女社長の邸宅に居候することになった第二作『天使よ盗むなかれ』では、その邸宅に持ち込まれる大金が「悪」のターゲットです。

まさに人間の利己的欲求が事件の背景にありました。

つづく『天使は神にあらず』でマリは、とある宗教団体の教祖の代役となっています。宗教といえばまさに人間の心のあり方が問われるところですが、そこにも人間の欲望は渦巻いていました。『天使に似た人』は死んだはずの人間が生き返ってしまったという事件で、それが双子だったものですから大混乱となりますが、愛のさまざまな形を問うなかで殺人事件が起こっています。

このように最初は、マリが研修するという大前提があったせいか、個々の心の「善」と「悪」を問う物語となっていました。しかし、連続する心中事件にマスコミへの疑念を織り込みつつも、第五作『天使のごとく軽やかに』では人間の「悪」を増幅する不気味な力が働いていたのです。

第六作の『天使に涙とほほえみを』は、やはり連続自殺ですが、人間ではなく、あるはずのない動物の自殺でした。しかし、その死は結局、人間の死について語っていました。そこにも、得体の知れない「悪」の吸引力が働いていました。

個々の利己的欲求による「悪」ではなく、連鎖的に「悪」へ導く力を、しだいに作品から感じるようになったのです。容易に人を操ってしまう強大な力でした。そして、二〇〇七年九月に角川書店より刊行されたこの『悪魔のささやき、天使の寝言』です。

コンビニを老人が破壊した⁉　しかもその老人は、病気で寝たきりの生活だったのです。

さらに、夫と愛人を家もろとも焼き殺した妻が逃亡し、マリとポチが世話になっている一家の娘が失踪《しっそう》してしまいます。人間の心に芽生えた恨みに、何かが手を貸し、その恨みをパワーアップさせている……。

天国から見守っていた大天使様が、たまらずにマリの前に現れ、アドバイスします。しかし、下界のことはマリに任せるしかありません。今回の相手のパワーはじつに強大でした。マリの闘いは、かつてないほど激しいものとなっています。

人間の心の歪《ゆが》みを極限まで増幅させ、人間界を混乱させる邪悪な意志。その正体は容易に推理できるでしょうが、必ずしも現実とかけ離れたところにあるわけではありません。ひとつ道を外せば、個々の善悪とは関係なく人間を操ってしまう強大な意志が、現実の世界に現れないとも限らないのです。〈闇からの声〉シリーズや『さすらい』といった作品に共通する作者からのメッセージが、この作品の根底にも流れています。

さて、第一作『天使と悪魔』は一九八八年の刊行でしたから、まだ七作目とはいえ、このシリーズもずいぶん歴史を重ねてきました。もちろん（?）マリとポチは年を取りませんが、時代はやはり二十一世紀です。『悪魔のささやき、天使の寝言』では連絡を取り合うのも、ケータイが当たり前になっています。もっとも、イヌのポチはもちろんのこと、住所不定のマリも、自分でケータイを契約することはできませんが。

その長い旅のなかで、作品のテーマも変化してきたと言えるでしょう。マリとポチの旅が終わる気配はまったくありません。次にはどんな「善」と「悪」の物語が待っているのでしょう。まずは、マリとポチが飢え死にしないようにと、願わずにはいられません。

本書は二〇〇七年九月に小社よりカドカワ・エンタテインメントとして刊行されました。

悪魔《あくま》のささやき、天使《てんし》の寝言《ねごと》

赤川次郎《あかがわじろう》

角川文庫 16437

平成二十二年九月二十五日　初版発行

発行者―井上伸一郎
発行所―株式会社角川書店
東京都千代田区富士見二―十三―三
電話・編集（〇三）三二三八―八五五五
〒一〇二―八〇七八
発売元―株式会社角川グループパブリッシング
東京都千代田区富士見二―十三―三
電話・営業（〇三）三二三八―八五二一
〒一〇二―八一七七
http://www.kadokawa.co.jp
印刷所―旭印刷　製本所―BBC
装幀者―杉浦康平

定価はカバーに明記してあります。

あ 6-407　ISBN978-4-04-387020-2　C0193

角川文庫発刊に際して

角川源義

第二次世界大戦の敗北は、軍事力の敗北であった以上に、私たちの若い文化力の敗退であった。私たちの文化が戦争に対して如何に無力であり、単なるあだ花に過ぎなかったかを、私たちは身を以て体験し痛感した。西洋近代文化の摂取にとって、明治以後八十年の歳月は決して短かすぎたとは言えない。にもかかわらず、近代文化の伝統を確立し、自由な批判と柔軟な良識に富む文化層として自らを形成することに私たちは失敗して来た。そしてこれは、各層への文化の普及滲透を任務とする出版人の責任でもあった。

一九四五年以来、私たちは再び振出しに戻り、第一歩から踏み出すことを余儀なくされた。これは大きな不幸ではあるが、反面、これまでの混沌・未熟・歪曲の中にあった我が国の文化に秩序と確たる基礎を齎らすためには絶好の機会でもある。角川書店は、このような祖国の文化的危機にあたり、微力をも顧みず再建の礎石たるべき抱負と決意とをもって出発したが、ここに創立以来の念願を果すべく角川文庫を発刊する。これまで刊行されたあらゆる全集叢書文庫類の長所と短所とを検討し、古今東西の不朽の典籍を、良心的編集のもとに、廉価に、そして書架にふさわしい美本として、多くのひとびとに提供しようとする。しかし私たちは徒らに百科全書的な知識のジレッタントを作ることを目的とせず、あくまで祖国の文化に秩序と再建への道を示し、この文庫を角川書店の栄ある事業として、今後永久に継続発展せしめ、学芸と教養との殿堂として大成せんことを期したい。多くの読書子の愛情ある忠言と支持とによって、この希望と抱負とを完遂せしめられんことを願う。

一九四九年五月三日

角川文庫ベストセラー

赤川次郎ベストセレクション⑧
殺人よ、さようなら　赤川次郎

あれから三年、ユキがあの海辺に帰ってきた。ところが新たな殺人事件が――目の前で少女が殺され、奇怪なメッセージが次々と届き始めた！

赤川次郎ベストセレクション⑨
哀愁時代　赤川次郎

楽しい大学生活を過ごしていた純江。ある出来事から彼女の運命は暗転していく。若い女性に訪れた、悲しい恋の顛末を描くラブ・サスペンス。

赤川次郎ベストセレクション⑩
血とバラ懐しの名画ミステリー　赤川次郎

紳二は心配でならなかった。婚約者の素子の様子がヨーロッパから帰って以来どうもおかしい――。趣向に満ちた傑作ミステリー五編収録！

赤川次郎ベストセレクション⑪
いつか誰かが殺される　赤川次郎

永山家の女当主・志津の誕生日を祝うため、毎年行われる余興、それは「殺人ゲーム」――。今年も喧騒と狂乱、欲望と憎悪の宴の幕が開いた！

赤川次郎ベストセレクション⑫
死者の学園祭　赤川次郎

立入禁止の教室を探険する三人の女子高生。彼女たちは背後の視線に気づかない。そして、一人一人、この世から消えていく……。傑作学園ミステリー。

赤川次郎ベストセレクション⑬
長い夜　赤川次郎

「死んだ娘と孫の家に住み、死の真相を探れば借金を肩代わりする」。事業に失敗した省一は喜んで引き受けたが――。サスペンス・ホラーの名品。

天使と悪魔　赤川次郎

少女マリと黒犬ポチ。その正体は、地上で研修中の天使と地獄から叩き出された悪魔。なぜか人間界で一緒に暮らす二人が活躍するシリーズ第1弾。

角川文庫ベストセラー

天使よ盗むなかれ　赤川次郎

地上研修中の天使・マリと、地獄を追われた悪魔・ポチがもぐり込んだ邸宅に、謎の大泥棒が忍び込んで大ピンチ！「天使と悪魔」シリーズ第2弾。

天使は神にあらず　赤川次郎

マリとポチが、新興宗教の教祖の代役に！そこへ教団の金を狙う本物の教祖の母親が現れて、総本山は上を下への大騒ぎ！シリーズ第3弾。

天使に似た人　赤川次郎

善人と悪人、正反対の双子が死んだ。それぞれ天国と地獄に行くはずが、なぜか途中で入れ替わり——。マリとポチが活躍するシリーズ第4弾。

天使のごとく軽やかに　赤川次郎

天使・マリと悪魔・ポチは、若いカップルの投身心中を目撃！マリが預かった遺書が、意外な波紋を呼ぶことになり——。シリーズ第5弾。

天使に涙とほほえみを　赤川次郎

飼い犬、動物園の虎、公園のウサギ……動物たちが人間の目の前で自殺をする事件が続発。マリとポチはこの謎を解けるのか？シリーズ第6弾。

キャンパスは深夜営業　赤川次郎

女子大生、知香には恋人も知らない秘密が。そう、彼女は「大泥棒の親分」なのだ！そんな知香が学部長選挙をめぐる殺人事件に巻きこまれ……。

冒険配達ノート
ふまじめな天使　赤川次郎　絵／永田智子

いそがしくて足元ばかり見ている人たち。うつむいている君。上を向いて歩いてごらん！いつまでも夢を失わない人へ……愛と冒険の物語。

角川文庫ベストセラー